U0465410

几生修得到梅花
——有所思堂诗稿（二〇一三至二〇二三）

朱小平 著

中国华侨出版社
·北京·

图书在版编目（CIP）数据

几生修得到梅花 ：有所思堂诗稿 ：二〇一三至二〇二三 / 朱小平著. -- 北京 ：中国华侨出版社，2025. 1.（2025. 2重印）. -- ISBN 978-7-5113-9264-0

Ⅰ．I227

中国国家版本馆CIP数据核字第2024GJ9869号

几生修得到梅花：有所思堂诗稿（二〇一三至二〇二三）

著　　者：朱小平
策划编辑：桑梦娟
责任编辑：桑梦娟
经　　销：新华书店
开　　本：710毫米×1000毫米　　1/16开　　印张：22　　字数：300千字
印　　刷：北京鑫益晖印刷有限公司
版　　次：2025年1月第1版
印　　次：2025年2月第2次印刷
书　　号：ISBN 978-7-5113-9264-0
定　　价：78.00元

中国华侨出版社　　北京市朝阳区西坝河东里77号楼底商5号　　邮编：100028
编缉部：（010）64443056-8013　　传　真：（010）64439708

如发现印装质量问题，影响阅读，请与印刷厂联系调换。

几生修得到梅花

宋嚼

范曾

范曾为本书题写书名墨迹

莫管江南梅雨天,桥头巷尾尽摩肩。篷船片片喧腾过,惭愧当年沈万三。

丙申周元 朱小平

作者诗手迹《雨中周庄》

序

好诗不过近人情

——读朱小平旧体诗集《几生修得到梅花》

高洪波

说实在话,如果不是朱小平兄极认真的微信,我可能不会对旧体诗发言,因为我虽然偶尔也写几首旧体诗,但是下的功夫不大,研究不深,所以很少敢对旧体诗词发表议论。

可是不久前小平兄发一微信写道:"我今年拟出一本旧体诗词集,已编订交出版社。十年间(2013—2023)选出五百余首。亦收入与兄唱和者数首,以记情谊。唯其愿兄赐文字于卷首,不唯知我者兄,亦因兄亦为诗人,亦吟旧体,天下之大,舍兄其谁?兄必不长揖而拒,则我幸甚!"随后小平兄又把我对他散文集的推荐语发了过来。那是几年前他的一本散文集出版,让我写几句话,我是这样写的:"朱小平兄与我相识晚但认识深,盖因气息相近、意气相投。他老气横秋中有耿介,博古辩今中有才华,为文足堪品,为人尤可信,是有魏晋风度的当代文人。他的这本新书,照理说会有洛阳纸贵的效果,我和朋友们都期待着。"在我的推荐语后边,作家杜卫东写了这样几句话:"小平的学养,是可以甩同辈不少作家一条街甚至几条街的。这从他的散文、随笔中便可看出。无论谈古论今,状人写物,抑或赏山乐水,小平下笔都有广博的知识打底、着色,这使他的文字风生水起,不同凡响。"

读小平的五百首旧体诗词,我想起了清人张问陶的《论诗绝句》。张问陶写道:"名心退尽道心生,如梦如仙句偶成。天籁自鸣天趣足,好诗不过近人情。"

遂有此文题目。

小平的旧体诗，我认为有这么几个特点，一、情真。二、意切。三、旨远。四、量大。情真，是写诗的第一要素，因为清人刘熙载在《艺概》中有这样几句话，他说："诗要避俗，更要避熟。"怎样避熟呢？他说道："剥去数层方下笔，庶不堕'熟'字界里。"又说，"诗可数年不作，不可一作不真。"他道破了诗家的真谛。

小平的五百余首旧体诗，第一让我看到了真切的感情，比如说他的《护工叹》，这是一首长诗，他说："古来见青史，交迫数底层。寒夜北风紧，归来诵少陵。"这首诗实际上是因为他看护病中的母亲时，和护工有交往之后写的一首长诗，让我强烈感受到小平心中的真情与大爱，还有他对底层人由衷的一种关爱、关心和关护。他在《壬寅中秋不见月》中写出这样的句子："秋风吹万里，明月知何去？川泸震圮后，人皆宿野帐；不能归故屋，其中何滋味？"这首诗写于2022年的9月10日，正是疫情过后，四川地震，他想到了那些灾民，于是情动于中，写出了这样感人的句子。

小平的诗"情真"的例子还有很多，他在《七夕步古诗十九首〈迢迢牵牛星〉韵》的自注里写道："古诗十九首，精华贵在无雕饰。写诗至如此境界，真不可逾。况多哲思，'人生天地间，忽如远行客'，每读至此，神驰而击节！"

小平的诗"意切"，典型的例子为《新侠客行》："书生百无用，锥笔老书城。琴心埋侠骨，仗气吐精英。天下知何往，沧溟乱纬经。"让人感觉到一种意气横生，古意盎然，而他的《台州神仙居山崖歌》格调高古，气韵磅礴。还有他的《落雨三歌》《续落雨歌》："只缘见雨每生情。"还有他的《词曲卷》里边《浣溪沙·谒晋江俞大猷墓》《满江红·祭岳武穆忌日》《鹧鸪天·悼李国文老》，等等，他的旧体诗词用词准确、炼句精妙，体现了小平深厚的旧学根底和诗词修养。

他悼念李国文老的词让我读后沉吟许久，词曰："穿地人生终一眠，华章已信供流传。月下山阳笛尚咽，风中五内断潸然。悲过客，恍眸前。藏身如海上苍天。笑谈握手温卮酒，衣袖犹香二十年。"写于2022

年11月25日李国文老去世的日子，小平这首词写尽了他对国文先生的敬佩、敬仰和深深的怀念，内心的悲楚，情意切切，令人感慨不已。

小平的旧体诗"旨远"，是第三个特色，他的《浣溪沙·叶挺故居记》《浣溪沙·东坡祠》，他的《忆江南·三峡道情（十阕）》《忆江南·有感》，这些词里边言深旨远，发思古之幽情，令人感慨系之，颇可诵读，口舌生香。他在自注里写道："诗由心境，清人陈维崧说：'作诗有性情，有境遇。境遇者，人所不能意策者也；性情者，天下莫可限量者也，人为之也。'"这句话背后他写了："非如此不可为诗。勉强为之，必同嚼蜡。"这写出了小平对旧体诗词的追求，情真、意切、旨远，还体现在他的《近体律诗卷》里边《端午抒怀》《吊咏董振堂》，尤其是《吊咏董振堂》，他这样写道："高台悬首泪模糊，尸骨焉存土尚浮。笔色钩沉难写恨，血花魄动忍恸哭。家山不改蚀枪戟，桑梓何归旷墓庐。弹雨硝烟皆散尽，英魂可望帜如荼。"这首七律把西路军的英雄董振堂以及他河北的家乡对烈士的吊唁表达得非常深刻，让人浮想联翩。知道了中国革命历史血色苍茫以及艰辛的不易，尤其是"弹雨硝烟皆散尽，英魂可望帜如荼"堪称诗眼。他的《近体绝句卷》里边写给作家陈世旭的诗也是非常抢眼，《见雪》雄奇豪壮，其中有："得意人生莫赏梅，今宵雪色任风吹。男儿四顾天山上，铁马弓刀大笑回。"体现了他对旧体诗那种豪放意境的阔大的追求。而他的《近端午》这样写道："风暖酒旗迎蒲剑，悲吟自古感凋零。落墙孤蝶知何意？桑葚入眸一地青。"写的是端午，但是端午背后的文化情结以及对屈原特殊的思念，尽在这四句小诗中了。

我认为，一个真正意义上的诗人，数量与质量肯定是齐头并进的，而常常会"诗有佳句照眼明"，他肯定经常诵读古人佳作之后，又能根据自己的特点进行极大的变化，所以这是朱小平旧体诗量非常大的一个秘密，他的五百首诗词中踏遍祖国河山，处处皆可落笔，皆可成诗。最典型的我记得和小平曾经参加一次相声界的活动，完了之后，我们两个没有去参加后续的宴会，步行到了鼓楼西边的一处涮羊肉的小馆儿，聊天儿喝酒非常开心。于是小平有诗《寄慰高洪波兄》："烹羊遥想鼓楼西，对坐倾樽快朵颐。只怅春风今又是，寄诗暂慰久睽离。"当时因为疫情我们很久不见，他微信上给我发了这首情意深沉的小诗，让我非常感动。他给另外一个朋友写的《题友人照》："春色容光相与邻，好夸珍摄倍精神。诗家更待蓄发笔，还可旗招倾半樽？"他给我的诗里还有《高洪波赠帖》："名场万态逝华年，又是杨花絮过天。记得倾樽风雨夜，赏心书画未谈禅。"这里边他在读书怀旧的时候，说到1995年，我赠他的散文集，那个时候很遥远了，但是小平兄牢牢地记住，又这样写了一首诗："如玉如虹叹不群，美人剑器各传神。诗家也吼凌霄气，谪到尘间动魄魂。"而他给我们共同的朋友作家兼书法家吴志实的诗里边写道："一笔挥来天地秋"，句子极其强劲、传神，堪称"照眼明"的佳句。

我还注意到小平对一些重大历史事件及风景名胜的特殊敏感，所以他下笔迅捷，出语清新。这个特点在他的五百首诗里处处可见。比如2016年他参加中国作家采风团到红四方面军战斗过的地区，写下了《英雄浩气壮千秋——重走长征路诗记》。其中《巴中诗祭》这样写道："血染镌碑耸入云，军声十万恍如闻。巴中子弟今何在？雨洗青山又暮春！"在《赠别》中他这样写道："八千里路山叠水，风雨擎旗云下行。短句夜吟相赠别，归来最忆走长征。"我举例的这些诗都是我在翻检他这本诗集中顺手拈来的。小平的好诗非常多，原谅我无法一一列举。

但是最后我还想推荐一首《咏七夕·其七》："男儿昔日醉如痴，一寸相思千首诗。何必苍茫风絮里，半城烟雨立秋时。"他的小注写道："诗家隽语相询，以此答之。"我觉得这首小诗道破了小平兄写作旧体诗的某种奥秘，那就是"男儿昔日醉如痴，一寸相思千首诗"，一寸相思，一寸情感，一寸豪放，一寸婉约。一寸虽短，千首诗多。读小平兄五百首十年近作，不禁叹服，他的确是个真正的诗人，而且是专写近人情好诗的旧体诗人。这对当前诗坛各种颓风有很大的冲击力，我希望能引起知音的回应。

写于2024年7月11日

高洪波，诗人、作家，中国作协原副主席。

目 录

古体诗卷

003　护工叹

005　天知否

006　壬寅中秋不见月

007　谷雨夜读

008　辛丑中秋望月有感

009　古　诗

009　半轮明月光

010　答友人

011　五言三首

012　七夕步古诗十九首《迢迢牵牛星》韵

013　立秋步李白《月下独酌》韵示人

014　与椒山后裔相晤

015　春　日

016　观柴窑开窑

017　花重绽歌

018　读陈世旭兄《孤独的绝唱——八大山人传》并赠十八韵

019　悼甘铁生兄

020　中秋近

021　登老君山明长城

022　新侠客行

023　将听雨
024　暮雨歌
025　台州神仙居山崖歌
026　古　风
027　富水大峡谷云雾歌
028　迢迢一水间（叠韵三首）
029　望到楼台烟雨中
030　续落雨歌
032　落雨三歌
033　南海机场试飞歌
034　赠　人
035　兴隆登雾灵山观云海

词曲卷

039　菩萨蛮·回文词
040　行香子·癸卯中秋
040　浣溪沙·游香溪源
041　浣溪沙·观《琴醉太白——中华古诗词琴歌演唱中秋雅集毛佩琦作品》音乐会倚声口占呈赠毛公
042　浣溪沙·谒晋江俞大猷墓
043　浣溪沙·咏陈曼生合欢与鲍瓜壶
044　浣溪沙·读《蓓蕾引》
045　满江红·祭岳武穆忌日用《词林正韵》四纸韵
046　鹧鸪天·悼李国文老
047　东风第一枝·赞福建舰下水

048	浣溪沙·明陡军指挥使季从善祠
048	菩萨蛮·咏残絮
049	浣溪沙·用一先韵奉和吴世民先生立夏词
050	一剪梅·重读辛弃疾婉约词再赠
051	虞美人·秋雨小酌
052	满江红·谒黄花岗烈士墓
053	虞美人·昨宵雨中独行用蒋捷词韵
054	南乡子·庚子岁尾抒怀步黄庭坚词韵
055	鹧鸪天·有感用辛稼轩词韵抒怀
055	浣溪沙·青岛雨中登琅琊台
056	南乡子·青岛凤凰山观海涛
056	忆江南·夜舟华阳湖
057	浣溪沙·访惠阳邓承修故居壶园
058	浣溪沙·叶挺故居记
059	浣溪沙·东坡祠
060	菩萨蛮·什刹海银锭桥观夕照
060	西江月·仲春
061	浣溪沙·过重阳用纳兰词韵
062	念奴娇·中秋
063	念奴娇·中秋寄远
064	忆江南·三峡道情（十阕）
069	贺新郎·咏月全食
070	浣溪沙·到咏苏曼殊故居
071	鹧鸪天·世上真难相与痴
072	水调歌头·望月
073	浣溪沙·牡丹亭（二阕）
074	浣溪沙·读纳兰性德词

074　浣溪沙·忆旧游小乔故里
075　西江月·中秋
075　自度曲·中秋
076　浪淘沙·再咏
076　浣溪沙·所咏
077　满江红·惠州过翁照垣将军故居
078　满江红·七七用岳飞词韵
079　忆江南（五阕）
081　忆江南·有感
082　散　　曲
082　贺新郎·辰日兼和吴世民先生
083　卜算子·咏怀柔玉兰花
083　菩萨蛮·望夕阳
084　一剪梅·偶读
084　浣溪沙·永定土楼
085　浣溪沙·怀贾诚隽先生逝世五周年
086　浣溪沙·悼宋词先生
087　自度曲·题伯翱兄写黄胄钓鱼画文

近体律诗卷

091　悼念郭宝昌先生
091　雨中登魁星楼
092　无　　题
092　夜闻雨
093　四月十五日作

094　雨色连绵赋律

095　拜米公祠

096　登襄阳古城墙

097　别汕头

098　暮　春

099　友人见示丁香盛开影照适逢辰日初度赋赠

099　雪二日独吟用鲁迅《无题》韵

100　庚子新春试笔

101　端午抒怀

102　辰日有思

102　吊咏董振堂

103　霜降得句

103　端午见霓儿微信有怀，读杜甫《月夜》诗并步韵

104　望城怀古

105　怀张伯驹先生

105　云南水富温泉木香花

106　落　叶

107　忆少年（二章）

108　端午四题

110　杂　咏

110　步韵一律

111　无　题

111　读吴志实书法

112　伯翱兄《七十春秋》书出索句用题《六十春秋》诗韵以贺

112　昌平访李滨声先生途中观落日

113　读《岁月的皈依》

113　依南钦八庚韵至三亚感怀

114　除夕有怀

114　夜大雨

近体绝句卷

117　步韵和吴世民先生咏雪

117　张逸良索题

118　题指画名家曾京兰女史赠作

118　重　阳

119　秋　睡

119　题言慧珠

120　神农架韵语（三首）

121　七　夕

122　到晋江啖卤面

122　访山中画家草庐

123　参加灵渠曾京兰指画展开幕式剪彩吟作

123　暴　雨

124　愁　雨

124　九龙口

125　光岳楼

125　读《春风吹》书赠

126　春分有寄

126　青岛散记（三首）

127　世旭兄有恙住院手术次日醒来示所作诗一首，步韵和之并慰

128　汕头新咏（三首）

130　江夏行吟（五首）

132	读《李清照诗词集》二章
133	见　雪
133	首句用辛词成篇有赠
134	夜雨示人
134	答客问
135	襄阳诗话（三首）
137	晋江郑成功演操台
137	近端午
138	观电影（二首）
139	黄埔记咏（四首）
141	汕头道情（四首）
143	立夏（二首）
144	晨见微雨
144	辰日浮尘
145	寄慰高洪波兄
145	地安门火神庙赏花
146	题友人照
146	除夕漫归
147	春帖子
147	冬　至
148	晋江行（六首）
151	有所答
151	吉林采风（四首）
153	端午有所思
154	题牡丹
154	宅日望花
155	步韵和陈世旭兄萦怀武汉

155	集鲁迅诗句咏时事
156	赞李滨声老以画为戈
157	沈鹏先生赠书
158	偶读纳兰词
159	新岁有怀（二首）
160	仰见微雪
160	有　寄
161	岭南品鉴记（二首）
162	岭南归来见雪
163	地安门记事
164	横峰琐谭（三首）
166	读侯军兄《"文人"瞿秋白》
166	寒露后作
167	宁夏三记
169	营口散记（三首）
171	云遮月
171	昭阳诗抄（三首）
173	高洪波赠帖
173	昌平长峪城村
174	天柱山记（五首）
177	黄山翠微寺
177	屯溪老街
178	游三清山
178	《布朗克斯的故事》观后
179	京华丁香四月开
180	观影有感
181	家山无恙

182	奉化杂咏（三首）
183	春日遣兴二章
184	上元遣句
184	除夕抒怀
185	得崔世广兄赠墨书有赠
186	偶作（十二首选五）
188	郁金香之咏
188	蕙　兰
189	步范曾先生诗韵题何家英画
190	与邓友梅老相聚
190	晨望雨
191	东莞可园（二首）
192	建窑建盏
193	房山南窖风情
194	灵水诗咏
195	又访李滨声
196	七绝二章
197	登平谷东指壶峰
198	忆吉星文团长
198	题王维强荷花摄影
199	题阿成先生茶花照（二首）
200	房山二绝
201	望城登黑糜峰
202	睹书怀旧
203	仙居履痕（四首）
205	敬题世广兄罗睺寺写经处
205	读吴志实兄法书

206	李庄忆傅斯年
207	云南水富横江古渡口
207	东风雪
208	观电视剧有感
208	上元遣句二章
209	寄　远
209	除夕忆故
210	冬吟（三首）
211	题戏妆（二首）
212	品鉴岭南（二首）
213	风夜有感
213	题赠王良青花瓷治印
214	立冬有作
214	题杨世勇山水
215	题吴志实兄书法
215	秋　思
216	近七夕读纳兰词
217	纪清远兄赠竹
217	挽抗日烈士陈怀民伉俪
218	读萧娴书法
218	雨声（二首选一）
219	题邓丽君（二首）
220	贺《高怀云岭——范曾八秩之庆艺文展》并赠
220	望　雨
221	风雨中宜过长江
222	天也常悬月半轮
223	时近端午有感（四首）

224　胡柚花开教启樽

225　胡宗宪故居、宗祠

225　梅家坞用饭

226　初五吟兰

226　除　夕

227　绿　兰

228　西溪游踪（四首）

230　开平赤坎古镇所咏煲仔饭

230　南楼七烈士陵园

231　叹止京华八五翁

232　题杜卫东新著

232　得范圣琦先生书法

233　晋中之咏（三首）

234　椿树之思

235　晚　秋

235　步什刹海后海

236　霍城竹枝词（六首）

238　赠张陵

239　雨　歇

239　望　雨

240　抒　怀

241　夜中观剑（二首）

242　中秋（五首选一）

242　中秋再咏

243　英雄浩气壮千秋——重走长征路诗记（十首）

247　读友人咏茶诗步韵奉和（二首）

248　房山中山村和根子菜

248	贺女排夺冠
249	望雨（二首选一）
249	纪念八一五（三首）
250	咏七夕（二首）
251	听　雨
251	依韵和杜卫东（二首选一）
252	听大雨（四首）
253	赞中国空军常态化南海战巡（二首）
254	读杜卫东兄《目光》
255	咏南海军演
256	原来枕剑醉箫声
257	一支椽笔也凌霄
258	晋江风物杂咏（七首）
261	谁家小女写馨香
262	悼念陈援先生（三首）
263	雨（四首选一）
263	春日杂咏（百首选七十七）
291	过　年
292	题白牡丹
292	春　愁
293	题冯志孝先生剧照
294	贺李滨声先生出版新著
294	泉州开元寺
295	春夜望月
295	元　宵
296	除夕有寄
296	大东海夜观潮

297　元旦试笔

297　赠友人（二首）

298　亚龙湾观海

298　怀李凤翔先生

299　修水之什（三首）

300　题　画

300　登观象台

301　七　夕

301　大　雨

302　长沙三日

302　登阳泉马孟山所见

303　偶　作

303　德州苏禄国东王墓怀古

304　什刹海胡同漫步

304　怀柔咏玉兰

305　观北海含苞玉兰

305　咏友人寄来明信片

305　题朱守道宗兄书法

306　初二喜雪

306　读《焦晃·戏痴》

307　无　题

307　题陈援兄永定溪上摄影

308　三亚拾屑（三首）

309　岭南吟草（十首）

312　闻　雨

312　哈尔滨拾零（三首）

313　和吴世民先生

314	揭阳普宁夜观南山英歌
314	一月二十日作
315	咏世民先生绘青花瓷《李贺行吟图》
315	景德镇所见
316	婺源行吟（二首）
317	读伯翱兄写徐悲鸿《渔夫图》
317	九一八
318	赠吴扬狮城归来
318	灵渠纪游（九首）
322	再到长宁（三首）
324	端午叠韵二章和世民先生
325	送春四绝句
326	兴隆怀史
327	跋
329	后　记

几生修得到梅花

古体诗卷

护工叹

自是农家女，京华做护工。
开朗兼干练，行事疾如风。
问有小幼女，养在桑梓中，
父母来护佑，背井离乡行，
夫君赴南国，参商绝相逢。
女儿每思念，唯有对视频，
咿呀闻乡语，叮咛复叮咛：
"要学普通话，将来有前程。
唯有读书苦，大学改人生。"
"老父村里事，洒扫管卫生，
不过数百币，古希犹强撑。
老母顾孙女，开门七件萦。
月月二千元，汇家聊补充。"
我听急相问：新闻多新农，
应该归故里，胜似转飘蓬，
乡村尽小康，何不乘东风？
答曰少名胜，创业势难成，
养家并糊口，十年仍飘零。
望其一餐饭，简而叹不胜。
居处无定所，昼夜不安宁。
凄凄原上草，枕上思乡情。
主管劝她语：春节务聚逢。

两难费踌躇，数载未亲省，
攒钱为后代，团圆或梦境。
古来见青史，交迫数底层。
寒夜北风紧，归来诵少陵。

二〇二三年十二月卅一日夜十二时

注： 高堂入急诊观察，日日奔入医院。数日已与护工相熟，常对谈，有感慨。过去读《贫穷的本质》（2019年诺贝尔经济学奖获得者所著）、《未来科技简史》等书，知贫穷和饥饿是世界性大问题，那只是理论。下去采风也只是浮光掠影。取消农业税、农村儿童也实行义务教育、脱贫，对农民有大利。但贫富差距仍然存在，非常值得关注。我接触的底层，他们往往并不抱怨，也无时间，只能苦干求生存。不像比他们待遇高很多、高标准医疗、有阔宅者，甚至一些富豪，成天牢骚满腹，对任何事物都看不顺眼，世事真的是难评！

天知否

老北京旗人有句口头禅："有什么别有病，没什么别没钱。"甚有哲理。世事无常，黑白无间；人生乃苦旅，转瞬未必百年，有感而作长句。

人有病兮天知否？天不知兮视芥草。
人生皆是逆旅中，忽如远行蝼蚁渺。
人死未必或归家，一缕青烟万事了。
床前明月连天山，穷目槛外馒头小。
负手斜阳送风残，黄昏从未风光好。
邙山冢，咸阳道，浑不似洛阳铲来凿，
取出来木朽骨朽，早已是一了百了。
不必孜求蓬山盼长生，天不知汝海之粟，
天亦有情天亦老。
星汉兮灿烂，那边人间流萤早。
朝暾兮含嫣，这边薤露瞬如泡。
龟虽寿，终须翘，人有病，天大笑：
独木桥，阳关道，踽踽其实路一条；
唱不唱莲花落，望乡台上人人到！

二〇二三年六月六日

壬寅中秋不见月

沉沉掩雷声，淅沥湿落叶。
明月似佳人，佳人难再得。①
桂香幽于宫，遥遥千重国。
我怜月不见，秋风催白露。
岁岁生青穹，明月亦过客。
秋风吹万里，明月知何去？
川泸震圮后，人皆宿野帐；
不能归故屋，其中何滋味？②
京华躅街头，匠工犹劳作；
月色映屋梁，妻儿在故里。③
此时共天涯，多少痴心寄？
钱塘涌涛声，赏月是佳处。
知否月圆时，天下各颜色？
窗外犹雨敲，今宵是漆夜。

二○二二年九月十日

注：①今忽雷声起伏，风起雨而淅淅沥沥，月不见矣。
②观新闻见川之震后，乡民皆宿帐篷而不能回家。
③今日往市场觅菜蔬，见打工者犹劳作不休，叹今中秋也，不能回乡团圆！杜甫诗《梦李白》："落月满屋梁，犹疑照颜色。"

谷雨夜读

转头夕照絮，萋萋拂墙柳。
月轮不见时，水色悄入牖。
如海一身藏，万人难握手。
才命两相妨，何曾香衣袖。
四海谁太息？今朝不闻泣！

二〇二二年四月廿日

注： 古人的诗句常会萦系脑际："万人如海一身藏""万人丛中一握手，使我衣袖三年香""古来才命两相妨""虚负凌云万丈才，一生襟抱未曾开""念天地之悠悠，独怆然而涕下"……万古云霄，各怀肝胆，每读之令人不胜感喟，慨然莫名。读贾谊上《陈政事疏》，揭斯时种种弊端，疾呼"可为痛哭者一，可为流涕者二，可为长太息者六"，而恬嬉之风历世不绝，今可见者发贾生之语？"可怜夜半虚前席，不问苍生问鬼神"！吁戏～

辛丑中秋望月有感

月色望西山，混沌苍郁间。
秋风三万里，吹不过巉岩。
月也入膈膈，月亦映人寰。
疏影深山寂，不见高士还。
唯听风瑟瑟，忧者未开颜。
叹嗟明月照，四海不曾闲。

二〇二一年九月廿一日

注： 天高气爽时，立于什刹海银锭桥上，确可见西山。是为燕京一景（不列"燕京八景"，饾饤文人常乱写，误人子弟）。齐白石诗云"西山犹在不须愁"，扶栏眺远，愁归云影？原西海（积水潭）积水潭医院住院楼兀立，大煞风景，现已拆除。月下望山，恐不可见。所以诗中说"混沌苍郁间"。唐人李绅名句"四海无闲田……"，我易三字，可为结句。

古 诗

柳絮犹飘落,东风摇草生。
梦听敲雨乱,卧醒落花声。
聚散故人去,烛灯复灭明。
芳菲难觅处,偌大是京城。

二〇二一年八月七日

半轮明月光

钩月、轮月,在古人眼里皆曼妙,诗作不可枚数。昨见明月半轮,久望而遐想,作仄韵古绝一首咏之。

半轮明月光,寂寂无温语。
怯问蟾宫人,桂香肯降与?

二〇二一年五月卅一日

答友人

北京登机航班延误。叶延滨先生呼我去贵宾室,与友人微信叙事,无纸,故推敲诗句,登机后撕垃圾袋一角订正。揭阳落地,乘车至汕头,入住后录至手机发友人。

徘徊出东南,仍在所属间。
谁知无复字,眷意不足怜?
何人信顾曲,何事总戚然?
骨鲠一何误,眉睫一何潸。
熏风怕迟暮,枉度近苍颜。
所以盈盈月,八九竟难圆。

二〇二一年五月十一日

五言三首

不是绣花人,偏作闺阁事。
夜来落雨声,纸上无一字。

其二
难晓女红心,兀自无问讯。
万事费难猜,春风闭花信。

其三
乞巧我欲观,夜月持红烛。
窈窕对眉弯,耳鬓听絮语。

二〇二一年三月二日

注: 古有女儿乞巧节,即七月初七。

七夕步古诗十九首《迢迢牵牛星》韵

莫哂牛郎痴，世上无织女。
风尘蒙剑胆，噤口蔽心杼。
或叹东方白，或叹西边雨。
朝露存瞬间，夕霞绚几许？
过客望天涯，嗟嗟不能语！

二〇二〇年八月廿五日

注： 古诗十九首，精华贵在无雕饰。写诗至如此境界，真不可逾。况多哲思，"人生天地间，忽如远行客"，每读至此，神驰而击节。既如写牛郎织女，竟有"泣涕零如雨"之句，可谓不俗。故步其诗韵写成一诗，抒心臆以免俗。

立秋步李白《月下独酌》韵示人

疏影横斜处,依稀花气亲。
西窗尘覆瓮,无唤持烛人。
仰望云遮月,似水映一身。
阵雨敲窗急,风如旧岁春。
太白歌徘徊,我吟心飘乱。
枕梦忆流年,几回别聚散。
人生何曾百,长叹对霄汉。

二〇二〇年八月六日

与椒山后裔相晤

2020年6月27日,在《北京晚报》发表《是何意态雄且杰——杨椒山与松筠庵》后,接杨椒山第十五代孙杨宝兴先生电话,心情激动,要特来一见并送书。来访送《杨椒山历史与文献》,皆为数十年穷搜宝贵史料。杨老年逾七十,且从昌平仆仆而来,殊为感慨。他一直为椒山祠腾退、开放奔走,其情可佩!相谈甚洽,摄影留念。有感步杨椒山仄韵绝命诗二首韵,以记晤识杨氏后裔之感。

宣南遗草亭,所幸镌今古。
肝胆照人寰,正气待人补。

其二
叹息松筠深,想见榆叶古。
慷慨浩然气,幸有后人补!

二〇二〇年七月八日

春 日

春色如许兮,园林一方。
乱莺轻拂兮,不见鬓裳。
花信迭至兮,幽幽吹香。
在天荡气兮,绕地回肠。
杨花如媚兮,思绪轻扬。
思之如缕兮,凄凄草长。
千金一刻兮,落英芬芳。
但为何故兮?眷意彷徨。
东君将去兮,飞絮渺茫。
春宵欲饮兮,阴晴未央。
诗可唱和兮?万仞低昂。
暮色如帘兮,脉脉夕阳。
但愿春驻兮,我有华章。

二〇二〇年四月十八日

观柴窑开窑

景德镇柴窑现在极少！而且也非去景德镇的人都能见到。我去之窑，一般两月左右烧一窑。所谓"柴"，是指油松，因可达至燃点。即只有油松可达到1400度以上。

千年柴火窑，今朝几绝迹？
譬如露水珠，去日若须臾。
物宝是精华，弥高化舍利。
春风吹草发，悠悠间天地。

二〇一九年五月

花重绽歌

前年人在花馨里，去岁花在此门中。
剪去残葩茎还碧，含苞重绽吐靥红。
思来人面杨花杳，思去花开花谢零。
花开岂可由人定，花谢不由人怜悯。
君不见太白日须三百杯，人应长醉不复醒。
君不见鹿车荷锸望路歧，谁可携壶学刘伶？
今生不可畅饮兮，宛似流水转飘蓬。
瓣缤纷兮眉睫，色炫目兮朦胧。
高烛花前可放歌？焉知谁肯为之和？
非是诗家不情眷，须眉意气顾坎坷。
云霄万古吹毛羽，铁板一击动星河。
君不见花开终有四时尽，春风将至落红多！

二〇一九年二月廿三日

读陈世旭兄《孤独的绝唱——八大山人传》并赠十八韵

与世旭兄岭南采风同行，得其著《孤独的绝唱——八大山人传》，甚喜。白日履踪，夜归把卷，数日内读毕。八大山人，数百年始出此精灵。能著八大山人传者，亦为文林高士。因非惺惺相惜者，不足以为之立传也。掩卷嗟叹，故夜半驰毫，草长句以赠。句非达意，而心有戚戚焉！

虽无煲仔饭，但喜读山人。
雨声催换盏，夜半倚床吟。
奇士复畸士，星穹共缤纷。
天崩地坼后，惊峙隐混沌。
陈君亦奇气，出笔纵阖分。
洪崖山文韵，使我顿铭心。
三绝纂一卷，使我得以闻。
国与家俱破，披发拒夷君。
此心一何苦，此志一何矜！
一哭复一笑，无语复无颦。
肝如寒灰结，心入雪中门。
若作太平犬，诗文薄轻尘。
家山逢不幸，不幸穷落沦。
从此天惊破，画史镌后昆。
大家奉走狗，浅辈何足论？

幸君铺文采,斑斓若彩云。
人生得失意,不朽是精神。
沛然何所似,天地墨淋淋!

二〇一八年十一月

悼甘铁生兄

大雨洗燕台,滂沱落尘埃。
晦色天郁郁,草木尽生哀。
人事得西去,馀者心如裁。
代谢非天意,文章诵不衰。
樽酒忆谈笑,对坐不可来。
俎豆未临献,遥祷奉揖怀。
心香有一瓣,襟抱与君开!

二〇一八年七月十七日

中秋近

年年独向月,风中好作诗。
茱萸何用采,半卧诵骚辞。
高堂悲白发,白发对霜髭。
昔者簪花事,一笑付炬灰。
莫可悲秋客,望眼尽佞儿。
文章犹自许,天下每沟渠。
莫信长相守,相守徒含悲。
莫信誓情谊,情谊折骨摧。
难得酬知一二子,酬知至死是相知。
秋风无限意,只是近痴痴。
圆月多此日,其实似暮时。
盈亏若沧海,江水不能西!
君不见古来高贤尚寂寥,何况侪辈亦栖栖?
君不见朝云世上真罕匹,直教裙衩不可惜!
谁是人间凄惶客,不计秋风自绕膝?
秋风明月年年是,只是叶黄覆满卮。
秋风何瑟瑟,去意何迟迟。
莫叹人生不逾百,一腔寒意转折枝。
秋风秋风吹落叶,月色如水照缁席。
秋风秋风吹我意,我意徘徊且凄迷。
待上四万八千仞,飘飘重霄一羽衣。

二〇一八年九月廿一日

登老君山明长城

日暮出长城，堞垣望难行。
风吹三万里，眸低千壑空。
起伏俯林海，瑟瑟隐涛声。
不见楼高起，千里筵长棚。
天际曾狼燧，笳咽已落旌。
多少兴亡事，大笑付冥冥！

二〇一八年七月十五日

注： 长城颓坏，堞楼仅余地基。兴亡如烟，匹夫空叹。记得《桃花扇》有几句唱词（手头无书，记忆如是）："眼看他起朱楼，眼看他宴宾客，眼看他楼塌了！"蝼蚁之坏固堤，如长城之岁月磨蚀，焉可不警之于足下？《红楼梦》云"千里搭长棚，没有不散的筵席"，俗中见喻，莫待晚矣？

新侠客行

星隐月晦,夜色如磐,灯下读李太白集,其《侠客行》一章,吟咏再三,遂步其韵,作《新侠客行》,以吐胸臆。

故人多不见,雨色隐月明。
空有鱼肠剑,夜啸迸流星。
不见嘶风骥,萧萧缓行行。
万事付玉斗,几十泣功名?
宵小如獐窜,狐鼠恨纵横。
未了平生愿,三哭莫可赢。
君子重然诺,江山笑可轻。
昆仑欲负剑,大漠杀气生。
九边尘与土,旌旄泣与惊。
书生百无用,锥笔老书城。
琴心埋侠骨,仗气吐精英。
天下知何往,沧溟乱纬经。

二〇一八年七月十二日

注: 清末才子诗人易顺鼎有名句曰:"人生必备三副热泪,一哭天下大事不可为,二哭文章不遇识者,三哭从来沦落不遇佳人。"丈夫七尺,英气侠胆,睥睨四顾,前两哭尚可,第三哭完全不必,须眉岂低首蛾眉也夫?

将听雨

晦月出城东，城东复行行。
雨中有所忆，所忆似蒙蒙。
熏风覆若水，夜幕蔽星空。
落花听雨处，缥缈远箫声。
曾见楼高处，荼蘼上帘棂。
曲终岑鬟影，明灭隐孤灯。
多少萦萦事，悠然付远冥！

二〇一八年七月

注： 清人孔尚任《桃花扇》中"哀江南"曲词："眼看他起朱楼，眼看他宴宾客，眼看他楼塌了！"孔氏之诗在清际非一流，剧词甚佳，与汤显祖相仿佛。读之曲，恍有悟，将听雨？雨止矣。

暮雨歌

雨色转霏霏,遥望东南风吹袖。
细细叹思量,青春一去不复留。
世上无才人,何将青鬟付冗昼。
触蛮焉可求,山外苍山楼外楼。
行思复行思,思来缕缕付暮愁。
不见无定河边草,年年岁岁被风收!
不见燕台墙外柳,衰姿一样付渠沟!
翩翩浊世可啸歌,何时月色对烛留?
文章一样掉头空,只闻鸟语声啾啾。
啾啾复啾啾,不堪倾樽如水空自流。

二〇一八年六月卅日

台州神仙居山崖歌

有客入仙居，削崖四顾不可攀。
低首望天姥，烟岚缭绕映青天。
八面巉岩接深壑，峰奔石立若屏连。
虽不似昆仑巍峨踞万仞，叠云堆翠更生怜。
盘旋蜿蜒飞栈道，摩顶凌霄穹盖低。
不闻猿啼闻鸟语，朱雀花落染清溪。
梦吟之处今何在？苍狗白云千古谜！
何须谢公屐？何须倚天梯？
万树千岩催祥霭，满目葱茏入心滴。
杂花点点山阴道，群巅座座瓣如莲。
何不吟梦游？何不诵别离？
四望云崖空流水，万家忧乐涌心底。
莫论太白失意处，披襟何不入仙山？
神仙眷顾化仙山，变幻仙山缥缈间。
君不见沧溟横空落垒块，拔地剞劂化青峦。
君不见日月钟秀凝精气，幽幽碧色明烟岚。
我寻太白梦吟处，笑问何不持杖落谪仙？
再赋重游天姥句，鬼神风雨悚新篇。
一骑揽月挥飞瀑，仰天大笑开心颜。
山危危兮尽笔，树青青兮如烟，
云轻轻兮出岫，风荡荡兮回旋。

不似青莲生花笔，歌行难述于万端。
此生有幸临此地，不枉魂梦也蹁跹。

二〇一八年四月廿九日

古　风

高堂吟白发，绰影记康庄。
渺鹤飘如去，孑毫凑蒲章。
尘封何所忆，羁旅望关梁。
莫问滋兰事，归来近夕阳。

二〇一七年五月廿七日

注： 关梁，关口意，出自贾谊《过秦论》。

富水大峡谷云雾歌

世上诡谲见云山，云山缥缈境如仙。
浓时犹似天山雪，谪来玉色降人寰。
缭绕瑶台飘裙裾，衣带如水羽生烟。
鬈髻羞似遮将去，恍惚霓裳隐其间。
昨宵更有声淅沥，润得山色遍沛然。
春风到此柔若水，挟雨匀云幻奇观。
山之上，雾升旋，山之下，水涟涟，
君不见一江横去穿南北，崖岸如削皱眼帘，
君不见连江峡谷生春树，拂来翠碧轻抚肩。
峡迤逦，水蜿蜒，山非雾，雾非山。
凭栏疑似云中游，挥手咫尺竟毗连。
顾盼多情歌一曲，旖旎不尽嗟可传！

二〇一八年三月廿三日

迢迢一水间（叠韵三首）

迢迢一水间，瑟瑟苇难渡。
有客问何吟，何吟莫可复。
秋风正入襟，落叶有归处。
月色上西墙，醺时自咏诉。

其二

迢迢一水间，遥遥不可渡。
譬如参与商，相望不相复。
又似远行人，焉知海角处。
若见有孤舟，秋风或与诉？

二〇一六年九月一日

其三

迢迢一水间，脉脉还欲渡？
天上月半轮，弦圆周而复。
烟雨往来人，岂知向底处。
寂语不闻时，叶黄莫可诉。

二〇一六年八月卅一日

望到楼台烟雨中

去年落雨是含情，今年落雨却无声；
春雨秋雨已濛濛，春月秋花不可逢。
多少楼台入烟雨，多少烟雨如相泣；
烟依依，雨凄凄，一回相顾一回去！
隐隐天涯烟雨中，在水苍茫月幽明；
一方玉色不可缀，沉吟落雨太朦胧！
落雨不复缠绵意，落雨如诉声细细，
落雨萧然入斜阳，落雨终尽苍穹里。
轻烟不可绕楼台，落雨敲窗难入怀，
西楼西门皆落雨，雨声西园难再来。
烟兮雨兮不相拥，风已萧萧水已冰，
落雨满天如泪雨，落雨入骨化飘零。
落雨如泣已惘然，落雨落红化泥丸，
只将落雨痴心雨，云山从此是天山！
我劝天公莫落雨，落雨不复旧时颜，
雨曾生烟兮烟化雨，落雨如烟兮泣凋残！
君不见去年楼台烟雨里，凄然一笑隐时空，
几回落雨如泪盈，望见楼台烟雨中？

二〇一六年八月七日

续落雨歌

窗外忽闻雨潇潇，折柳恍似灞陵桥；
飞絮不知泥底去，吟词何处过小桥？
一城雨色半城烟，落花时节必著雨；
落雨飞花已惘然，三月熏风已无迹。
谁亦无花亦无家，焉知无望即天涯？
天涯依然飞落雨，淅淅沥沥逝年华。
犹是程门曾立雪，化作别离鹃魂血；
菱香岂必动心旌，读罢长诗埋腑咽。
落雨仿佛也多情，任是无情也惺惺；
落雨不是无情物，莫管孤独入泥中。
人生总有长相忆，恐怕闭门对落雨；
应许辄忆絮风时，销磨流光抛空寂。
落雨最怜刹那间，窗外丝丝与潺潺；
丝丝潺潺终有绝，落雨生虹天外悬。
雨声忽闻悄然止，唯有空检册册纸；
吟来已是多少回？只因云霄无多尔！
谁知戚戚咏落雨，只为心头驱寂寂；
落雨何曾知我心，落雨使我心常闭；
落雨落雨断人肠，落雨使谁心似泣？
一回落雨一长吟，一回落雨一向隅。
何来快慰此余生，只缘见雨每生情，
生情枉自小楼东，雨烟深锁遗朦胧。

终篇不能止落雨,谁可教天强忍泣?
落雨落雨焉再来,落雨落雨苍茫里!
一江逝水瑟瑟红,落雨晚照赤濛濛;
我是夕阳山外客,残阳如血落雨中。
落雨天外已匆匆,雾霭层层弥穹际;
我续落雨歌长句,焉知我歌送落雨?
君不见如今还否惜落雨,落雨不管离人意;
歌落雨,送落雨,落雨终归天外去。
我为君歌落雨歌,人生何须记散聚?
一见落雨思如雨,已化冥冥似梦忆;
已向苍穹万仞遥,歌罢不复见落雨。

　　　　　　二〇一六年八月八日

落雨三歌

坐中惊起隐雷声，扰断疏枝会温语；
拂窗疾风吹落雨，落雨又惹三叠曲。
何敢鄙夷谪尘子，常恨词穷难达意；
汝不见秋风吹我瑟瑟襟，落雨催我心头句！
今朝落雨是绵绵，如雾如烟不绝缕；
烟茫茫，雨滴滴，暮红点点黄叶地。
落雨潇潇不绝时，落雨深深不怨弃；
纵然负我落雨歌，吟诗何曾怨落雨。
落雨铭心彻肌肤，入髓入骨溶灵体，
落雨随风涤尘埃，落雨使我长相忆。
落雨不再洗云山，逝梦依然何寂寂。
君不见风中落雨竟苍凉，只因凄美更凄迷；
落雨长歌岂三叠，只因眷意无绝期……

二〇一六年八月十二日

南海机场试飞歌

碧海珊瑚映天帏，白云白鸥白沙围；
万顷苍溟风色好，千里石塘丽日瑰。
扶摇先上九万里，磅礴吞吐气昂昂；
双飞穿云云之上，双落横海海之央。
古有楼船曾蔽目，渔帆点点仍须是；
今朝比翼瞬间回，暾霞如火朝霞赤。
三万里疆可寥廓？八千仞高可遨游？
一寸岛礁一抔水，一担河山一段愁！
我是燕山一书生，此生还未南海去；
南海南海天映蓝，魂萦梦绕心长系。
燕山明月弯如钩，可挽将身万里游？
衣袂飘飘枕风涛，许我长吟夜上舟？
晨曦朣朦发号炮，旌旄猎猎迎风啸；
天列战鹰共轰鸣，长驱收复瓯缺角。
我自归来一卷诗，卧向东篱取醉痴；
听得金镂东方白，似见舰师展大旗……

二〇一六年七月十五日
于雨色凄迷中

赠 人

古体诗相对于格律诗，更难写。《古诗十九首》是上乘，后人写成斯境，颇难。我于此，屡试，总觉不如古人，貌似，神恐非似，难。

月上玉人头，人约中宵后。
但愿月长明，映照谁袂袖？
此心一何柔，彼意一何骤。
明日远行人，我心仍依旧。
依旧惹诗思，诗思难锦绣。
借问远行人，莫教人消瘦。
千里一何长，万仞一何陡！
悠悠知此心，何时消永昼？

二〇一六年六月十六日

兴隆登雾灵山观云海

云色弥无迹，登眺群峰低。
蹈海排如浪，涛奔山涌立。
风动卷嶂叠，浩渺与天齐。
仰似群花落，絮缀化连席。
琼瑶散作雪，溶溶遮广宇。
恍惚逼履近，遐目叹游移。
人惊穿薄露，身叹披雾衣。
混沌疑初始，沧海幻云泥。
大块浮一瞬，桑田隐痴迷。
谁知真面目，造化出神奇。
自惭真一粟，蜉蝣可与吁？

二〇一五年八月卅日

几生修得到梅花

词曲卷

菩萨蛮·回文词

醉香入夜秋风桂，桂风秋夜入香醉。凉月透西窗，窗西透月凉。　　月如人映月，月映人如月。人忆思何人，人何思忆人？

回读：

人忆思何人，人何思忆人？月如人映月，月映人如月。　　凉月透西窗，窗西透月凉。醉香入夜秋风桂，桂风秋夜入香醉！

二〇二三年十月卅日

注：回文诗词是中国过去一种特殊的文学体裁，即可正读、回读，甚至回环读。甚至正读是诗，回读可成词。只有汉字才会有如此灵动多变的表意特征，这种修辞手法是异域字母完全做不到的。回文诗最早是苏伯玉妻的《盘中诗》，以窦滔妻的《璇玑图》最著名。苏东坡等众多名家均写过，历代文人皆感兴趣，作品蔚为大观。清人辑有《回文类聚》。夜中偶读东坡回文诗词，从未写过此类，兴发试写之，约半小时，成。心想古人也不过如此。但回文诗纯属文字游戏，很难表达情感，更无法反映社会现实、底层疾苦。

行香子·癸卯中秋

半窗帘轻，一轮当空。正澄清、影疏风平。蛩鸣若泣，天地秋声。叹无可嗟处，烛常灭，月常明。　　混沌似浊，尘世如屏。忆流年、鬓也星星。前席夜半，欲问苍生。只云穹顶，流光渺，入寒宫。

二〇二三年九月廿八日

浣溪沙·游香溪源

香溪源乃香溪河的发源地，穿兴山，入秭归香溪注入长江，全长共九十六公里。香溪源位于木鱼镇西两公里处峡谷石缝之中，初出无声，于两丈处骤然激石拍岸，顺峡谷咆哮直下。唐代茶圣陆羽曾把此水列为天下第十四泉。据传神农炎帝曾在此处洗药，故又名"洗药池"。香溪水曾孕育出王昭君和屈原，流经近邻昭君村。沿阶而上近一公里始到源头。即填《浣溪沙》一阕兼咏昭君。

汩汩穿岩似放啼，昭君村畔尚流溪，胭脂映见桃花鱼。　　毡漠胡笳隔故水，换来玉殒止烽鞞，汉家羞见女儿衣。

二〇二三年八月卅日

浣溪沙·观《琴醉太白——中华古诗词琴歌演唱中秋雅集毛佩琦作品》音乐会倚声口占呈赠毛公

阒阒谪仙天上曲,蜀弦赵瑟可怜听①,何须明月伴歌行。　　右卷左琴常伴座②,大才未用十分功③,飞椽诗兴扫樽觥。

二〇二三年九月廿五日

注:　①李白《长相思》:"赵瑟初停凤凰柱,蜀琴欲奏鸳鸯弦。"
　　②右卷,汉刘向《列女传·楚于陵妻》:"左琴右书。"《全唐文》:"君子所居,于是有左琴右书。"
　　③苏东坡天才不群,自然奇纵。周济《介存斋论词杂著》称他"每事俱不十分用力,古文、书、画皆尔,词亦尔",毛公广博多才,不惟明史成家,亦通音律,作曲甚伙,且旧体诗、书法,亦成家。某年曾坐听说书,诙谐挥洒,有柳敬亭遗风。可见才大贯通,才岂用尽耶?

浣溪沙·谒晋江俞大猷墓

苏垵村后将军山有明代抗倭名将俞大猷墓。满山桉林葱郁,肃然沿阶登谒。俞大猷有异志,精剑术骑射、娴熟兵法,著有《剑经》《兵法发微》。有儒将气,能诗。屡建奇功,威震东南。然一生坎坷,屡受冒功、冤屈、诬陷直至入狱。自古名将命途多舛,俞大猷又一例也。归来填《浣溪沙》一阕,以抒垒块之气。

手挽旌旗演阵图,云压飞剑马前呼,梅溪山色赖相扶。　　名将古来多命舛,功勋未尽骨先枯,只余青草绕坟庐。

二〇二三年七月廿四日

浣溪沙·咏陈曼生合欢与匏瓜壶

香江诗翁秦岭雪先生告：台岛首席南音歌唱家王心心女史，盖因受杭州唐云艺术馆八壶精舍之托（所收藏八把"曼生壶"乃画家唐云先生所捐），为"曼生壶"铭文作曲并以南音吟唱，因字数稀少，欲寻请填词曲。秦老命邀题咏，故填一阕。

缕缕冰心入匏瓜，自矜天趣去浮华，烹来瑶草是痴茶。　　好是一江无尽水，东风吹散月西斜，合欢树下半肩花。

二〇二三年七月廿日

注：陈曼生，本名鸿寿，字子恭，钱塘人。西泠八家之一。嘉庆年间请紫砂陶工杨彭年制壶，与幕客撰铭雕于壶，极尽文人意趣。曼生力主"诗文书画，不必十分到家"，须见"天趣"。其题铭十八式被后人视为紫砂珍品，称为"曼生壶"。其合欢壶（紫、朱泥）、匏瓜壶铭尤趣意横生，且寓之情。匏瓜铭曰"饮之吉，匏瓜无匹"，引古语愿天下无孤。合欢铭曰："试阳羡茶，煮合江水，坡仙之徒，皆大欢喜。"另朱泥壶铭则云："得雌者昌。"古之名茶称阳羡，李白："阳羡春茶瑶草碧"，苏轼："雪芽为我求阳羡"，且须用合江水为佳。原未细读秦老之邀，仅写七绝一章，后乃知索词曲便于吟唱，方又填词一阕。拙诗附下。

冰心缕缕入匏瓜，瑶草情痴阳羡茶。
好是一江无尽水，合欢月映半肩花。

浣溪沙·读《蓓蕾引》

辰日无诗,寂读秦岭雪先生长篇古风《蓓蕾引》,殊发感喟,天下之大,而天涯缥缈,人间有情,何难眷侣?人生寄世,奄忽若尘,或如逆旅,皆似行人欤?所谓"人生天地间,忽如远行客",叹哉!故填是阕,短歌入夜。

箫管尺八唱魄殇,彩笺似泣一行行,后人凄诵断回肠。　　年少怎知情意味,长歌只教隐心藏,从来锦瑟有哀伤。

二〇二三年四月十六日

满江红·祭岳武穆忌日用《词林正韵》四纸韵

几至泠西，犹曾忆，拈香奠醴。比英杰，寻常人等，义难甘死。四面青山皆葬骨，一祠血魄昭天祀。①愤中悲，倾泪涌湖波，年年是。　　汉贼界，严两峙；嗟不绝，常追跪。恨奸名铁铸，怎容移址？②大节焉能屈苟且，小人难禁干君子。③叹精忠④，无处供埋冤，绵延史。

二〇二三年二月一日

注：①大理寺狱岳飞遗言唯四字"天日昭昭"！岳飞亡于为南宋绍兴十一年十二月二十九日除夕，即公元1142年1月27日。

②汪逆精卫叛谋敌倭，家乡父老恨之入骨，立碑痛斥并仿秦桧铸汪逆夫妻跪像，近闻被移走。"汉奸"一词始见南宋《玉熙新志》，即指秦桧。汪精卫、周作人等皆曾为秦桧翻案，可见败类之相通。

③左宗棠曾大书镌碑"外夷不得凌中华，小人不得干君子"，壮也！但君子英士实难禁小人之蛊。

④岳母刺字"精忠报国"，据考证实乃"尽忠报国"，戏剧讹传至今。抗日名将张自忠字荩忱，名、字自此而来。

鹧鸪天·悼李国文老

穹地人生终一眠，华章已信供流传。月下山阳笛尚咽，风中五内断潸然。　　悲过客，恍眸前。藏身如海上苍天。笑谈握手温卮酒，衣袖犹香二十年。

二〇二二年十一月廿五日

注：夜中不寐，作悼词一阕。龚定庵句"万人丛中一握手，使我衣袖三年香"，忘年之交，一识获教，不可忘怀。"万人如海一身藏"，李老是有人格的高士，"哲人其萎，梁柱摧焉"，并不为过！见过巍峨，即识泾渭，与李老相比，既不见得所有的作家具人格情操，也不见得作家的所有作品都是开卷有益。"人生天地间，忽如远行客"，高士远行，信然也夫？

东风第一枝·赞福建舰下水

万里封疆，千寻飙荡，巨艨蹈浪冲决。几声号笛催开，一岸英雄花列①。战鹰腾起，冲霄汉、顿惊奇绝。待劈波、大洋威震，踏海蛟龙擒鳖。　　列强仇，终当洗雪；中兴业，看我人杰。军声十万待鸣镝，先扫跳梁蜩蝶。天风飞卷，掷酒裂、肝胆皆热②。翥阵云、朝暾尽染，衣甲旌旗如血。

二〇二二年六月十七日

注：①福建多木棉，古人称为"烽火树"，又称英雄树、攀枝花。树体伟岸，高达三四十米，怒放时灿若炽霞。
②舰下水行掷香槟酒礼，以酒瓶碰击舰艏碎裂。

浣溪沙·明陡军指挥使季从善祠

六百年前动鼓鼙，逶迤万里卷旌旗，将军御甲护长堤。　　旧垒屯田今在否？家山明月忆依稀，祠堂有幸伴灵渠。

二〇二二年六月

注：至灵渠，幸观与长城并誉的人工奇迹。观陡军指挥使季从善将军祠堂及村落。陡军先平定南疆叛乱，后就地屯田灵渠，守陡护陡，维护从灵渠到梧州的水运，延续至民国时期，有功于国家。明洪武二十八年（1395），朱元璋调山东兖州卫军至广西平叛，季从善与颜、宿二将军义结金兰，屯守灵渠陡门，是为陡军，迄今六百余年。

菩萨蛮·咏残絮

烟花堤上忽成雪，眉间映见人非月。何人在倚楼，不忍看云流？　　晚山夕照去，春雨吹残絮。花色不能归，落霞似幕垂。

二〇二二年五月六日

浣溪沙·用一先韵奉和吴世民先生立夏词

入夏风蒸懒卧眠，闭门读卷漫听鹃，锄禾深意最堪怜。　　夏种秋收万颗子，农家自古敝衣衫，今朝四海无闲田？

二〇二二年五月五日

附记： 立夏前后为农民抢种之际。唐人"锄禾"等悯农诗最是千古绝唱，深郁苍凉，是中国诗人的襟怀传统，两千年封建时代至民国，中国农民是最艰难贫苦的阶层。十多年前取消已实行了两千年的农业税，是农民的最大获利。去年近亿贫困农民的脱贫，更是不凡之举。四海无闲，农夫不饿，是历代农民起义至孙中山的憧憬，今日实现，感慨莫名。脱贫即决不可返贫，是为大戒！

一剪梅·重读辛弃疾婉约词再赠

早已寒风化桂香。莫忆流光,又忆流光。轮回明月映西窗。升也凄凉,落也凄凉。　　又见天涯分雁行。淡了诗肠,断了诗肠。星星鬓上各飞霜。水也苍苍,心也苍苍。

二〇二一年十月卅一日

注: 辛弃疾词百读不厌,其为罕见之文武全才式英杰。单见其率五十骑,夜踏五万敌军大营生擒张安国,古今中外无可比拟,故词作豪气干云,读之仰望。其词不仅声彻铁板铜琶,亦有缠绵红牙细板,其婉约悱恻不逊姜白石等。可见英雄并非气短而情长,每读其词如古人读《汉书》佐酒。

虞美人·秋雨小酌

"最难风雨故人来",今天阴如晦,雨将至。中午友人招雅集,席间不可无醍醐,只可微酌,而不可畅饮。忆昔青春时节,辄醉饮至晨,快何如之!壮岁不减,当歌几巡!而今"鬓已星星也",再不复少年听雨,飞觥如注!雨已拂来,淅沥声中,云胡不饮?感慨系之,叹息四顾,立赋《虞美人》一阕。

青丝斗酒五陵忆,睥睨倾樽里。壮年吹笛到天明,醉里飞卮、铁板伴酣风。　而今雨色朦胧处,座上怯觥注。天涯涕泪不关情,只是眉间、郁气鬓如星。

二〇二一年十月五日

满江红·谒黄花岗烈士墓

  至黄花岗烈士墓参拜。辛亥革命是革命志士慷慨赴义前仆后继的时代,诚所谓视死如归,流血五步!绕陵徘徊,见有范鸿泰(1895—1924)墓,后迁至此。范鸿泰,越南光复会成员,奋身于广州刺杀法国驻越南总督麦林,未果,愤而沉江死义。凝眸墓碑,亦致敬意。心生百结,归填《满江红》一阕,以抒拍碎玉斗,慷慨何多之意。

  浩荡青天,早已是莺飞时节。见松柏、涛声低啸,酣风如拭。一入墓门惊胆裂,百年浩气绕膝喋。忆弹矢溅血奋仆躯,死何屑!   嗟不得,英雄列,心仰止,男儿烈。仰云霄魂魄,抔土还热。叹息今人谁记得?兴亡节义渐颓折。觅林间还有壮哉迹,眸将湿!

二〇二一年五月十七日

虞美人·昨宵雨中独行用蒋捷词韵

燕台裘马青丝上,斗酒湿旗帐。壮年不晓雨霖铃,诗里拥旌,拍剑舞狂风。　　昨宵披雨独行下,踏去落花也。聊发莫忆少时情,淅沥声声,望月不明明。

二〇二一年六月十六日

注： 南宋词人蒋捷的《虞美人》是《全宋词》中的名篇,不仅主旨道尽人生无常,"悲绝离合",且极具音节跳跃,唱来必致跌宕起伏（词在宋代本来就是唱的,所以叫倚声填词）,皆因此词牌是平仄韵转换格,即上、下片各两仄韵、两平韵。还有一种格式为两仄韵、三平韵,很少有人用,平韵多了,就累赘了。两韵恰好,戛然而止！

南乡子·庚子岁尾抒怀步黄庭坚词韵

无梦觅缨侯，一醒悠然恍塌楼①。西风懒随斜阳去，还休，莫取梅花簪上头②。　　回首叹淹留，半世韶华对草秋③。我欲问花花指烛，何羞？梁父抱膝去个愁④！

二○二一年二月八日

注： ①晨醒于窗前可眺对面巍峨之豪寓，常浮出古人名曲"眼看他起朱楼，眼看他宴宾客，眼看他楼塌了"，与《红楼梦》里的《好了歌》及注异曲同工，更为简练。

②《红楼梦》中谚云"千里搭长棚，没有不散的筵席"，千古至理，极可为一时烈火烹油花团锦簇者戒！

③《水浒传》中梁山好汉们常说"梁园虽好，不是久恋之家"，我非常认同，常以为戒。

④末句原用"收拾起大地山河一担装，四大皆空相"曲意，但这不是寻常人可用比拟，还是用《梁父吟》的典故尚贴切。我很喜欢《千忠戮》里这句唱词，慷慨而苍凉，悲愤而豪迈，怎的一个了得？

鹧鸪天·有感用辛稼轩词韵抒怀

慷慨高吟墨岂干，耻谈冠盖与尸餐。苍凉入骨西风处，且向浮云带笑看。　　哀莫大，死心般；何曾雕技为寻欢？美芹襟抱如烟渺，只道歌哭下笔难！

二〇二一年一月廿二日

浣溪沙·青岛雨中登琅琊台

雨掠云浮海气回，长天一色兴登台，迷蒙灵岛碧螺堆。　　斯人霸业湮遗迹，雄才大略渺尘埃，徐家犹自拜香来。

二〇二〇年八月十四日

注：琅琊台位于昔黄岛区。第三句云登望越台可眺灵岛。下半阕云琅琊台与姜太公、越王勾践、秦始皇、汉武帝霸业勾连，今仅存台之夯土。徐福第二次出海赴日本亦于此。今日本徐福后裔仍络绎来此拜谒。

南乡子·青岛凤凰山观海涛

何处望沧溟?入目天风卷啸声。世上听涛何境宜?伶仃。万籁方能心不惊。　依旧近秋风,记得清宫花绚艳。细雨如帘桥上行,濛濛。吹梦十年鬓已星。

二〇二〇年八月十三日

忆江南·夜舟华阳湖

至东莞麻涌(音冲),夜游华阳湖。原为三条小河及污染工业区,今建成湿地公园。夜街霓虹,灯光彻水,画船荡漾,抚掌赏心。归作《忆江南》一阕咏湖上夜舟佳事。

华阳好,月夜去行舟。彩瀑婀娜惊似柳,虹霓映水近台楼,粤调唱浓稠。

二〇一九年十一月廿七日

注: 灯光中瀑布飞升,亦如柳枝般摇曳。

浣溪沙·访惠阳邓承修故居壶园

邓承修是清同光年间著名清流谏官，与张佩纶（张爱玲祖父）、宝廷、陈宝琛（溥仪师傅）并称"四谏"，名重一时，声动朝野。连慈禧也不得不敬重清流们的节操和凛然正气。邓承修与左宗棠一样，非进士出身，更不是翰林，非常难得！他不畏权贵，字"铁香"，因屡劾权贵大臣，又被誉为"铁汉"。一时疏上，权臣如李鸿章等，为之战战。任钦差大臣时，查勘中法（越南）划界，寸土必争，不辱朝命，实今日国界之疆定。晚岁归里，主讲、创建书院，教化桑梓。邓演达、叶挺等均就读于其所建之崇雅书院。壶园不是客家建筑格式，而是仿北京四合院式。院中一角有他当年手栽之树，今已如盖，树下徘徊，景其风骨，遂口占一章。

手栽虬树已凌云，丝缕铁香似抱襟，斑驳小院气森森。　　叱咤如椽凝戟笔，折冲樽俎定疆坤，壶园遗爱诵馨芬。

二〇一九年十一月廿六日

浣溪沙·叶挺故居记

叶挺少有大志，故居内有读书亭，为其少时读书处。惜乎天不佑人，英年崩灭，一生襟抱，付之云水之间。

江南千古铸奇冤，痕血春秋不可传，欲镌青史竟无言。　亭下书声疑在耳，屋前碧树缀花燃，白头不许使人怜。

二〇一九年十一月廿五日

浣溪沙·东坡祠

　　谒东坡祠。东坡谪惠州,于白鹤峰择地筑室以为终老之地,入两月,朝命下,再贬儋州。长子苏迈携眷居四年。遇大赦,始随父而去。乡人感念于址建祠以祭。抗战中毁之。数年前曾至惠州,尚未见之。阳光明媚,江流荡漾,林木扶苏,虽其建筑格式未必如旧,但仍不妨供人徘徊凭吊。

　　叹息足观不作文,谪浮宦海几沉沦,词篇仅供后人吟。　亭下清流长逝水,峰前碧色欲为邻,熙熙攘攘可知音?

二〇一九年十一月廿三日

菩萨蛮·什刹海银锭桥观夕照

燕台但见游人老,几载扶栏风色渺。只是一弯眉,何时映炬灰。　　凉棚千百里,散去听烟雨。依似旧青衫,无痕断酒间。

二〇一九年六月十九日

西江月·仲春

又是仲春时节,眸前柳色萋萋。熏风吹我忆凄迷,忍见昔年墨迹。　　几载如同隔世,此心犹绕清渠。故人问讯鼓楼西,月色依然岑寂。

二〇一九年三月廿二日

浣溪沙·过重阳用纳兰词韵

恁意秋风渐次凉,月轮明灭寂棂窗,读词醒得过重阳。　　天地人生如过客,吹兰陵上柏余香,东篱菊下最平常。

二〇一八年十月十八日(重阳次日)

注: 诗题"过",是昨日重阳方过之意。古人过重阳,登高赋句,辞多凄恻,"遍插茱萸少一人"共所熟知,其他记得如东坡"万事到头都是梦",王勃"人今已厌南中苦",岑参"强欲登高去,无人送酒来",杜甫"重阳独酌杯中酒,抱病起登江上台",纳兰"当时只道是寻常",等等。乾隆好作重阳诗,不堪卒读,好作登高九老会,那只是粉饰太平。我甚喜古诗十九首中的"青青陵上柏,磊磊涧中石。人生天地间,忽如远行客",何等苍凉,直压唐诗。苍凉之音如灌顶,令人寂灭警醒。譬如秦腔,令人为之痴泣。白茫茫,远行客,其远乎?

念奴娇·中秋

中秋将近，屈指数日。古人多咏中秋，且多惆怅。千里婵娟，何期长久？朝朝暮暮，人间万姓，不过仰头而已。心结闲散，辄无写处，又见明月当头，用宋人张孝祥《过洞庭》词韵作《念奴娇》一阕，以与古人同怀。

京华小驻，又中秋，谁逐淡出云色。任是苍穹八万里，不舍人间落叶。瑟瑟秋风，萧萧凉意，转瞬失明澈。将圆几日，万姓仰头共说。　　百念莫道成灰，凡尘似梦，盟誓皆如雪。一卷诗声添郁气，怎道空怀襟阔。上了寒宫，折来桂树，共做天涯客。举杯且醉，笑问何日今夕？

二〇一七年十月一日

念奴娇·中秋寄远

有客去扬州，非是烟花三月，是如明月秋风。古人云："天下三分明月夜，二分无赖是扬州"。又云："人生只合扬州死，禅智山光好墓田。"可见古人眷爱扬州深之者也。两地婵娟，京华仰望，去岁用宋人张孝祥《过洞庭》词韵作《念奴娇》一阕，今再用此韵吟咏。

谁家骑鹤，下扬州，烟花且共江色。禅智山光辉鬓袂，疏影桂枝飘叶。千里月明，万仞晴意，眸子何清澈。秋风声里，归去来兮与说？　　人生只何归处，江山如梦，眷属皆冰雪。一册吟诗今何在，剩下无垠空阔。不见婵人，蟾宫孤寂，怎做匆匆客？桑田沧海，焉知去日今夕？

二〇一八年九月廿四日

忆江南·三峡道情（十阕）

三峡之行，历经宜昌、秭归、巫山、奉节等地，船行西陵峡、巫峡、瞿塘峡等。匆匆五日，历三游洞，乘新轮首航，过船闸，参观三峡大坝，拜谒屈原祠。又至太平溪复乘轮，过西陵峡、巫峡，游神女溪、神女天路。再至奉节白帝城，又过瞿塘峡。江峡互映，风光无限，一路临流填句，吟成《忆江南》十阕以记。

大 坝

世界第一坝乃三峡大坝，长江第一坝为葛洲坝，由西陵峡过葛洲坝船闸，只是峡非昔比，因截流水升涨百余米，成为高峡出平湖，峭险之况已不可仰视。于游轮中登临四层，仍有动魄之慨。

　　大坝好，动魄客心惊。雾漫江流天际阔，艟穿云色浪升腾。屹立截鱼龙。

三游洞

三游洞位于宜昌西陵山北峰，乃西陵峡入口处，峭壁悬崖间存唐至民国摩崖石刻64方，扶栏可望江水流逝，雾绕峰峦。唐元和十四年（819），白居易与弟白行简、元稹游洞，诗酒啸傲，白居易并作《三游洞序》书壁，三游洞始得名，今岁恰1200年。

洞崖好，山水雾如稠。兄弟白眉诗共酒，人传赋序始千秋。不断是江流。

西陵峡首航

雨中游轮，从西陵峡首航，隐约可见崖上至喜亭、张飞擂鼓台。大词家夏承焘说"过黄河宜落日，过长江宜风雨"，过三峡呢？未说。过三峡逢云雾，其实也别有一番韵味。途过葛洲坝船闸。途中原拟升船机过三峡大坝，雾重乃止。

西陵好，五百里江流。两岸削崖淹丈百，不闻猿啼雾生愁。故垒忆张侯。

屈原祠

雨中登岸拜谒屈原祠。祀于唐代，重修称"清烈公祠"，历代数次修葺。现改称屈原祠，原祠临江，早已沉入江底，建大坝后重修。清代格局基本是院落，而新修祠庙嵯峨肃穆，值得赞叹。口占一阕，恭代祭奠。

屈祠好，千古泣孤忠。香草美人芳愈烈，滋兰艾蒲剑如虹。凄雨共江风。

神女峰与神女溪

雨后放晴。由西陵峡西段登游轮，沿途过书箱宝剑峡等。原需仰视之峡谷，皆因水位提高而平视，已无古人所述之湍急险崖之景，平湖漱滟，山岭舒缓。至巫山神女峰，已至重庆境内。下轮，换游船，入神女溪。十年前不过浅显之溪流，亦因水位提升，而成深幽峡谷。仰见悬棺，亦远民之俗。神女峰历来说者纷纭，当地人称望夫石，谓神女实船工妻，此传说更富人情味。巫山十二峰，穿峡中不可全窥。故词咏之。

神女好，云雨渺霓裳。十二巫峰才见九，一溪碧水两崖镶。无恙是船娘？

巫山敞心坡

晚宿黄岩山敞心坡，海拔近一千一百米，气温尚低。木屋倚山，大被高眠。晨起望云，缥缈缭绕，变幻奇妙，真乃"除却巫山不是云"！巫山原县城已沉入江底，新城倚山而建，夜中灯火万家，令人感慨。临栏观云，赋之。

巫山好，沧海沉江潭。叠倚城新灯火媚，敞心坡上欲飞仙。云带出峦巅。

建坛峰与神女峰

建坛峰为巫山十二峰之一，峰势削屹，令人叹绝。又至神女溪上游。停飞云台，又至仙履台遥观神女峰与神女庙，隐隐于云雾缭绕，唯见江峰一色，旷怡襟怀。见路旁有玉兰，亭亭绽放，乃有所思。

巫峡好，云色转苍茫。雾出江头飞过雨，兰枝壁立不闻香。隔望认霓裳。

瞿塘峡

登轮过瞿塘峡,原水深不过数十米,宽约70米。而建坝截流后,深至175米,宽竟达五六百米!昔日兀崖削壁、狭流湍急之险貌不复可见,郦道元于《水经注》中所记奉节瞿塘峡"重岩叠嶂,隐天蔽日",今已成为湖波平缓、两岸低峦之景,亦无波涛似风箱之吼(瞿塘峡又名风箱峡)。惟云色低垂,江风拂衣。崖上幸存抗日名将孙元良之刻石未沉入江下。停轮靠岸,登赤甲楼,见炮台群猴盘踞跳跃,据云白日至此索食饵,夜则遁入山林。杜甫曾诗云"瞿塘峡口曲江头,万里风烟接素秋",感慨系之于瞿塘峡风貌"出平湖",于风烟中吟咏之。

瞿塘好,耳畔似诗吟。升地平湖千丈阔,沉崖绝壁百寻深。霞彩隐层云。

白帝城

暮色夕照中登岸入白帝城。城始由汉公孙述建,今存宋城遗址。所谓"托孤",实发生于今夔州博物馆出口右侧之永安宫,若如《三国志》记,刘备死时,诸葛孔明与刘禅在成都。但《三国演义》将此章节叙之感动后人。内有小白楼,当年吴佩孚下野,被杨森礼遇居于此。吴是有气节的儒将,坚拒与日伪合污,被日寇所害。至此,浮想起少年时读过的《三国演义》。我一直不喜欢书中演义性质的刘备和诸葛亮,正像鲁迅说的:刘备近伪,诸葛状妖(大意)。我欣赏的是周瑜、吕布、马超,至今都能想起书中人物的风采:周公瑾舞剑作歌的儒雅、"人中吕布,马中赤兔"的出类拔萃、白盔白甲白马的"锦马超"的飘逸,尤其周瑜,史实中是恢宏大度的儒将,演义名不副实。真是少年读书,忆之栩栩!

出城复登船上，想起李白"朝辞白帝彩云间"一诗，真是绝唱而无来者！倚栏临流口占。

白帝好，故垒宋城池。社稷托孤寻旧迹，沧桑老树又新枝。只诵彩云辞。

奉 节

奉节，古夔州也。此为杜甫居住两年作诗四百六十余首之地，尤《秋兴八首》可诵天地间。此地清代最为繁盛，其关税为全国第二。参观夔州博物馆，可了解其地物华天宝人杰地灵之概。我独至鲍超故居一游，鲍超，湘军名将，以大字不识从军，悍勇异常，百战成名，积军功而封爵，后归故里养老。晚年奉朝廷急诏，慨然出故里，招募新军赴镇南关抗法，惜冯子材大胜法军，始议和，遂使英雄无用武之地。鲍超亏在无知识，所以官阶不如李鸿章、左宗棠、杨昌濬等湘淮进士举人出身者。"夔府孤城落日斜，每依北斗望京华"，杜甫名句，可使夔州为诗意之地，而传之久远。

奉节好，天下壮夔门。万里长江斜落日，百轮竞渡伴飞云。塔影映粼粼。

二〇一九年七月

贺新郎·咏月全食

　　惯见月莹雪。却仰头、幽蓝如豆,斑红如血。天狗呼春吞乃去,不是声声鹈鴂。叹一句:阴晴圆缺!何必临窗拍玉斗,耐常看钩月似舟楫。洒盈盈,对长揖。　　身名或被风吹裂。望银河,须臾万仞,白云何绝。冰也狂崩山也断,奔尽昆仑水歇。算荏苒,难留欢谑。沧海莫知人有憾,总不近夕阳近长夜。问与者?且观月。

二○一八年一月卅一日

注:古之中外,皆以月全食非吉兆。今人以科学解释。或谓150年乃得一见,然见之,谓我何求?不见之,又谓我何忧?世事无常,山河一瞬,不以物异,此得道也夫?

浣溪沙·到咏苏曼殊故居

樱花踏过惹魂勾,不是情深不泪流,倾城无色动瀛洲。　　才人何必生豪气?箫是尺八月是钩,芒鞋衣钵动春愁。

二〇一七年十二月十七日

注： 曼殊一生凄零,四海漂泊。三次出家,卅五而逝。清末民初名传域内,有"却扇一顾倾城无色"之誉。郁达夫曾评其非大才无豪壮气,苏氏才情过人,诗画清丽,我认为其实郁达夫的旧体诗词不无曼殊诗之影响。

鹧鸪天·世上真难相与痴

世上真难相与痴,薄衫司马幸何之。风吹散尽春泥絮,才悔青灯红豆词。　　思已渺,萎杨枝,无情涟漪皱秋池。暮天已是云隔月,方省恍然断雨时。

二〇一七年七月四日

注：孔子云"辞,达而已",而词还要赋比兴。陆机说"诗缘情而绮靡",不无道理。一事一时,一枝一叶,皆可出句。当然,如姚鼐所说"诗道非一端,然要贵有才气。人年衰,则才气多随而减",说得真是好！

水调歌头·望月

今雨洗天穹，月光盈盈，望之尚缺，尚未团团。天上人间，皆有圆缺，而人间天上，旦夕难卜，故有感慨，填《水调歌头》长调，试问天上人耳。

明月今宵望，脉脉却稍残。焉知天上寒暑，何止万千年？卿本佳人如玉，飞到凉宫倚桂，从此是孤仙。纵有冰清态，付与兔蟾看？　人间雨，犹似泪，可生怜？云河太远，熏风不教入眉弯。道是人间眷属，各个有悲欢。且诵东坡句，独自写婵娟。

二〇一七年六月六日

浣溪沙·牡丹亭（二阕）

玉色何如雨色凄？一厢怜爱到门西，去年莲步也轻移。　　只顾生情无眷处，潇潇似泪怕残局，良宵枕上许痴迷？

二〇一六年十月一日

其二

秋棠妩媚绽催开，玉茗惊艳送诗来，牡丹亭下去徘徊。　　昨夜敲窗风也骤，恍惚疏影入楼台，不知眷意却难猜。

二〇一六年九月卅日

浣溪沙·读纳兰性德词

烛影模糊窥玉围,梵声偷见一弯眉,不能执手刹时归。　　夜半箫声犹在耳,秋风似海又相违,可怜何日教歌吹。

二〇一六年九月廿九日

浣溪沙·忆旧游小乔故里

玉色铭心可再逢?曾经烟雨散云中,看来修道太朦胧。　　胭脂分明香韵在,江南碧水又萌生,无缘晤对小乔容。

二〇一六年九月廿五日

注: 安徽潜山小乔故里有胭脂井。

西江月·中秋

最怕万家灯火，心头桂影婆娑。月圆花好也须歌，在水一方玉色。　　惟愿冰轮温润，依然映彻银河。秋风入夜再相酌，且与婵娟唱和。

二〇一六年九月十五日

自度曲·中秋

友人祖兄发来明人咏中秋曲一阕，甚有意趣。步韵和之。

云遮面，恨不圆，似垂帘，不由人见。正散了襟怀且高眠，管他个阑珊夜殿！

二〇一六年九月十五日

浪淘沙·再咏

书罢怅风词,何处归期?不堪早过杜鹃啼。柳色青青怜雨后,怎忍题诗。　回首去年时,梦系还痴。满纸悠悠谁可知?月色楼台无觅处,仍是秋思。

二〇一六年九月四日

浣溪沙·所咏

还是凭窗欲举杯,去年絮语又萦回,秋波映照惹兰吹。　明月一宵隔寂影,西风未散是弯眉,半床册楮让拥围。

二〇一六年九月三日

满江红·惠州过翁照垣将军故居[1]

淞沪狼烟，竟前后、镝声不歇。八十万、健儿仆死，目眦胆裂[2]。四百兜鍪惊寇丑[3]，骈双名将垂星月[4]。惠州行，遗迹觅垣屋，询人切。　　填尸耻，何日雪，屠城恨，绝难灭[5]。试水艨艟期破浪[6]，镌痕深意凝精血[7]。梦长风，浩荡下东洋，捣奴阙！

二〇一六年八月十三日

注：①翁照垣，广东惠来县葵潭圩林厝乡人，毕业于日本陆军士官学校、法国摩拉纳航空学校。任十九路军一五六旅旅长。1932年1月28日，面对日寇挑衅闸北，不待军命，奋起打响淞沪抗战第一枪，组织大刀敢死队重创日军。1937年在淞沪会战中又英勇负伤。后因不愿奉调"剿共"，赴南洋宣讲抗日为中国空军募款。后参加福建十九路军反蒋，任第六军军长，失败后回故里组织自卫队与日寇周旋。1949年移居香港，1972年逝世。著有《淞沪血战回忆录》。词用岳飞《满江红》韵，期以音节慷慨耳。

②1937年8月13日，中国军队投入80万人发起淞沪会战，以伤亡30万官兵代价，粉碎日寇"三个月灭亡中国"之狂妄计划。

③谢晋元团长率部坚守四行仓库，极大鼓舞中国军民抗击日寇之决心。史称"八百壮士"，实则四百余人。

④淞沪会战中十九路军在蔡廷锴、蒋光鼐指挥下与日寇激战，名将声威远播宇内。

⑤日寇于淞沪会战后为报复，沦陷南京，屠城漂杵。

⑥淞沪会战我军伤亡惨重原因之一，乃日寇倚海军优势，屡炮轰我军阵地。今"辽宁"号航母服役，大振中国军威，期以雪耻，震慑跳梁。

⑦蔡廷锴、蒋光鼐过福州戚（继光）公祠，内有巨石，传戚继光灭倭凯旋，畅饮后倚石而卧。二人遂刻"醉石"二字留念。

满江红·七七用岳飞词韵

南望卢沟，曾经是、炮声未歇。从此始，炎黄何舛，杵漂何烈？十四年哭腥膻染，三千万冢凄照月。到头来，偿索半厘无，犹齿切。　　百年耻，铭必雪！家国恨，绝难灭！眦衣难带水，钓台仍缺。禹甸须还一寸土，神州难洗千秋血。盼楼船，指日下倭洋，平宫阙！

二〇一六年七月七日

忆江南（五阕）

寒山寺

江南忆，最忆是寒山。孤寺含愁春雨里，枫桥仿佛旧时颜。肠断在客船。

秦淮河

江南忆，最忆是秦淮。日暮朱桥对老叟，船头灯火映楼台。乌巷燕归来。

西　湖

江南忆，最忆是西湖。风雨亭前流碧水，波光山色忍沉浮。坟畔泪模糊。

注：湖畔有秋瑾墓，筑亭名"风雨亭"，取其绝命辞意："秋雨秋风愁煞人。"明末张苍水就义前望西湖感叹："好山色！"

扬　州

江南忆，最忆是扬州。骑鹤月明无赖地，听箫厄酒立桥头。软语太娇柔。

太 湖

江南忆，最忆是太湖。万顷苍波淹暮霭，一舟残月雨酥酥。半醉好读书。

注： 载于二〇一六年七月八日《光明日报》。

忆江南·有感

潇潇夜，风也乱凄吹。忆到何时方断魄，思来旧事供衔杯，渐散一弯眉。

注： 昨夜潇潇，风敲窗扉，今晨风吹凄厉，似秋之萧瑟。忽想起纳兰公子"西风多少恨，吹不散眉弯"，刹有秋风画扇之感。词由境而生，才气不逮，无大境界，如我辈。桐城姚鼐云"诗道非一端，然要贵有才气。人年衰，则才气多随而减"，老杜诗云"诗是吾家事"，颇睥睨自负，我说：诗是少年事，逞才也挣扎不得。

其二

莫愁忆，最忆不能归。碧水粼粼波似泪，青螺隐隐月如眉，风雨向南吹。

二〇一六年五月十二日

注： 诗由心境，清人陈维崧说，"作诗有性情，有境遇。境遇者，人所不能意计者也；性情者，天之莫可限量者也，人为之也"，非如此不可为诗。勉强为之，必同嚼蜡。

散 曲

说什么收拾起山河大地一肩挑，我道是立德立功立言太迢迢。红楼里好了歌，佳朋是几个交？不若是一壶酒、半床书，听一曲渔舟唱，月光下逍遥！呀！可怜那一天飞絮，怎的不知雨将临，兜头儿浇。

二〇一六年五月一日

贺新郎·辰日兼和吴世民先生

若似何将缺？望春中、连天乱絮，落花时节。我见世间常窜鼠，污了青眸襟洁，竟草菅编氓汲血。九旬从来多风雨，教肝肠如结瞳如裂。读青册，怕重辙！　　韶华不复青春别。到如今、情堪莫是，鬓侵丝雪。万里沧溟终目尽，回首应当揖别。烟暮青山莺草里，移樽瓮、大笑歌诡谲。好月色，澄寰澈！

二〇一六年四月十五日

注： 用入声九屑韵。

卜算子·咏怀柔玉兰花

仰见玉兰花,挺立何葳蕤。似雪凌霄烂漫开,惹起相思意。　侧目却还惊,瓣落尽枯萎。怜在花期花未期,怎教春归去?

二〇一五年三月廿七日

注: 在怀柔钟磬山庄见门前两株玉兰,一株绚烂盛开,一株落瓣遍地,触目感憾,竟有草木同人之感,伤以咏之。

菩萨蛮·望夕阳

蟾台不见人如月,西风瑟瑟心凝雪。温语梦曾听,天涯谁远行?　仰头天似幕,低首西窗处。何物最伤情,残阳落照红。

二〇一五年一月卅一日

一剪梅·偶读

相逢已在梦残中,月也朦胧,人也朦胧。因缘眷顾竟随风。恼也多情,悔也多情。　莫叹悠悠水向东,绪也萦萦,思也萦萦。一句莫愁可再应?眸也盈盈,泪也盈盈。

二〇一五年一月十八日

浣溪沙·永定土楼

四面青山楼一围,几湾溪水几徘徊,回眸暝色共烟炊。　耳畔中原音韵在,衣冠往事引萦回,水仙香气入茶杯。

二〇一四年十一月廿四日

注: 秋声艳阳中游福建永定土楼群,多环抱青峦,萦绕碧波,如土楼王;亦有沿溪而筑,夹杂梯畦,如初溪土楼。极有桃源韵致。楼中亦有人居,落日炊烟,望之如画卷也。入楼品茗,以各色花卉熏制野茶,啜闻香气,浮生几忘尘。客家迁自中原,已历千年,而中原音韵犹在。

浣溪沙·怀贾诚隽先生逝世五周年

世上眉弯不黛青，纻衣往事入樽俎①。谁追墨笔继遗风。　　泪眼天涯风义杳，休思乔木忆音容②，落花声里梦同行③。

二〇一三年九月廿七日

注：①贾先生为书法家和书法教育家，订交近十年。逝时仅65岁。1994年曾赠诗有"乱头粗服纸上书"句。典出《世说新语·容止》：裴楷"有俊容仪，脱冠冕，粗服乱头皆好。时人以为玉人"。纻衣，苎麻纤维所织之布，喻先生不修边幅，襟抱在书墨之道。
②李商隐诗："平生风义兼师友。"《诗经·周南》："南有乔木，不可休思。"
③我向先生学书法，曾嘱临唐寅《落花诗帖》，屡有批改。

浣溪沙·悼宋词先生

如诉秋声触目惊,凄阳烟柳望金陵,宋家曲散不能听! 相约京华终不至,驰章唱和已朦胧,歌台风动雨淋铃。

二〇一三年九月十二日

注： 一直未与宋老通话,忽见《文艺报》载宋老逝世讣告,触目而失色。与宋老常通音讯而从未谋面,三年前宋老相约至京华,然终未成行而为一憾。二〇一一年宋老出《八十自寿词》寄赐,我填《金缕曲》寄赠唱和,宋老于十月三日收悉回短信云:"小平先生:蒙赐和词,甚慰甚感,知音难得,相知恨晚。《八十自寿词》多有和者,君词最佳。《歌台文坛》一书,盼读后赐教。宋词。"我的手机至今保存宋老的短信。宋老发短信后又致电,嘱我为他的新著《歌台文坛》写一评论,但自揣浅陋,终未成篇。宋老每出新著,必赐我。今书在曲散,可比广陵乎？宋老堪称大家,《文艺报》讣告已撮其要：享年 81 岁。著《宋词文集》四卷,长篇小说《南国烟柳》《一代红妆》,戏剧《穆桂英挂帅》《花枪缘》《状元打更》《喝面叶》,《宋词诗词集》,电影《一叶小舟》等。

自度曲·题伯翱兄写黄胄钓鱼画文[①]

天山南北驰毫素，画得驴儿，画得女郎，海上帆樯惹遐想，岸边织网绘渔娘，那歌儿酣畅，这笔儿流畅[②]。古往垂纶图卷多，只剩下闲逸孤芳。看今朝，无限风光，还激赏神采飞扬。

二〇一三年八月

注： ①万伯翱之文见于《中国钓鱼》2013年第7期，题为"中国画大师黄胄笔下的鱼"。元代有剧、散曲之别，散曲又有套数、小令二种。元人多擅长。至清代以朱竹垞、厉樊榭而著称。历代有《中原音韵》《阳春白雪》《太平乐府》《乐府新声》《太和正音谱》《钦定曲谱》等曲格，近人唐圭璋先生著《元人小令格律》，考订甚详，为曲者式范。曲令活泼清新，用韵甚宽。后人亦常倚声自创曰"自度曲"，更为自由，论以朴初先生为大家。

②黄胄先生擅画人物及牛、羊、驴、马、骆驼、鸡、鹅等，亦擅画鱼。尝画游鱼图，云："余写此不下三十余稿，终不能如意。"可见大师严谨，一丝不苟若是。黄胄为绘海边织渔网之妇，亲至福建渔村现场观察，故其栩栩如生皆来自生活是也。2013年9月28日至10月13日，北京炎黄艺术馆展出《被封存的记忆——黄胄与南海》，多为当年黄胄的渔家素描写生，可见大师之基本功深厚与生活观察之细腻。

几生修得到梅花

近体律诗卷

悼念郭宝昌先生

江湖桃李在，风雨一宵灯。
宅寓约期见，氍毹不可听。
夕阳嗟动色，襟抱意难平。
人物已无再，秋声绕室生。

二〇二三年十月十三日

注： 郭宝昌先生，著名导演，代表作有《大宅门》等。

雨中登魁星楼

雨色魁星顶，披襟豁远眸。
风随四野尽，江去六合流。
垒块围暝幕，苍茫蔽暮楼。
湘漓分水处，有客欲行舟。

二〇二三年七月十八日

注： 魁星楼自建以来屡毁，2019 年广西兴安县于临江原址重建，楼内共六层。

无 题

世上多精致，临头各自飞！
鸡虫殊可笑，厦柱也无为。
衢市声销匿，出门榻念归。
不屑问狐鼠，三年语已违？

二〇二二年十二月十四日

夜闻雨

心随夜雨到何边，徒有关情忆旧年。
屑琐依稀如梦里，睚眦仿佛在眉弯。
柳绵鬓上三千日，月绕桥头一水间。
往矣因缘皆化迹，空馀风色不吹连。

二〇二二年六月廿七日

四月十五日作

南山羡隐逸，白眼做书生。
沧海衔杯叹，幽冥闻笛惊。
星霜积阅历，浊世笑沉升。
毕竟风吹去，俯观川上虫。

二〇二二年四月十五日

雨色连绵赋律

连日淫雨，天色晦暗，每夜灯下重读杜甫与白居易诗集，叹息杜甫虽有入仕之庸俗，但至死崇尚"穷年忧黎元，叹息肠内热"。而白居易晚年一改揭露现实之理念，厚禄享乐，醇酒妇人，不发一声。"甘露之变"中他的老友遇难，居然私下无一首诗悼念，真是与早年判若两人！人，可以不仰望星空，但也不必绞尽脑汁攀爬禄位。须知盛极而衰，君不见《红楼梦》里的《好了歌》和注吗？其实在曹雪芹之前，古人早已悟昧，天道循环，家国人事，树犹如此。过见楼台灯火，醉生鬓影，不信拦住一个问问：知道《好了歌》和注吗？

一天寒意裹阴云，谁见楼台黄叶新。
涕泗秋声吹瑟瑟，江山风雨入沉沉。
鸣钟重鼎剥还锈，列戟轻裘换落尘。
鬓也星星诗懒作，凄然不晓赠何人？

二〇二一年十月三日

拜米公祠

  平生履迹，宋四家祠中，惠州苏公祠和中州苏氏兄弟墓、修水黄庭坚祠墓、泉州蔡公祠均曾拜瞻，唯襄阳米公祠尚未仰仪。今有机缘入米公祠，实为幸事。碑廊观瞻，无愧"颠不可及"。米公崇尚唐晋之风度，心灵之解脱，对后世书法影响殊巨，数百年出此巨子，堪称书史之丰碑。故心曲九转，乃补诗咏记。

  不可及堪昧，颠狂气铄今。
  四家常忍缺，千里幸趋临。
  雨外穿廊叹，风拂抱树深。
  唐衣生笔意，后世寡胸襟。

二〇二一年七月十四日

注： 入米公祠时遇零星微雨。诗韵脚用襄阳人孟浩然《与诸子登岘山》诗韵。

登襄阳古城墙

  赴南漳县,游司马徽水镜庄,水镜先生是将孔明、庞统荐与刘备之人,风云际会,其来有自。驱车返襄阳,风雨中登古城墙,极目四望,汉江接天,堞楼咫尺,遥想自三国、晋、宋、明……楼船马阵,炮火轰天,名将屡出,青史留传,而万骨之枯,皆化尘埃矣!

  风雨披襟处,江流令眼开。
  硝烟遮日落,樯阵蔽天回。
  窦窦蚀墙垛,萋萋隐垒台。
  只传名将姓,万骨换灰埃。

二〇二一年七月十五日
于大雨中

注: 诗用杜审言诗韵。

别汕头

赴穗车途读朱秀海先生咏汕头诗，步韵奉和，以记汕头之旅。

初来未见凤凰花，[①]佛手传香沉叶斜。[②]
石树如磐镌砥柱，井栏漫海映云涯。[③]
南山洞里英雄气，[④]渔港舟前口腹奢。
醺半昨宵犹未尽，辞郎洲下忘归家？[⑤]

二〇二一年五月十五日
于赴广州高铁途中

注：①凤凰木（金凤树），汕头市树，夏季始盛开。
②参观宋福手（广东）农业有限公司暨汕头万安中药材种植专业合作社展室和佛手种植园。
③南澳岛总兵府有郑成功招兵树、验兵台。海边有南宋古井。
④潮南区苏区红场镇有英雄洞。钻行洞中，印象甚深。彭湃、徐向前、郭沫若等均曾为躲避敌人抓捕，在此养伤隐藏。
⑤潮戏剧有《辞郎洲》。

暮 春

残絮犹飘落，东风摁草生。
梦听敲雨乱，卧醒落花声。
聚散故人去，烛灯复灭明。
芳菲搔首处，偌大叹京城？

二〇二一年五月四日

注： 暮春残絮中读杜诗，"晓看红湿处，花重锦官城"比"好雨知时节，当春乃发生"更醇厚。杜甫此诗是规矩律诗，我咏暮春用其韵脚，格律对仗差强人意。

友人见示丁香盛开影照适逢辰日初度赋赠

丁香繁盛貌参参，灼目芳菲不禁吟。
岂信诗章传海内，难将春色入园林。
簪花走马非青鬓，卮酒高歌已黯喑。
只剩半腔飘逸气，丝丝缕缕付瑶琴。

二〇二〇年四月十五日

注： 用十二侵韵。

雪二日独吟用鲁迅《无题》韵

雪后如凄覆，阴穹布暗云。
窥难春气息，默寂冷喉愔。
欲见无穷涕，何来不可吟。
东风无限好，只是暂森森。

二〇二〇年二月六日

庚子新春试笔

窗前低皓月，雪后冻西风。
眄目藐狐鼠，扬颔唾蚁虫。
平生常白眼，飘逸伴浊盅。
换得睥睨气，大江一叶篷。

二○二○年庚子年初一子时

注： 古人逢除旧迎新，多有新春试笔，以抒胸臆。我也试用一东韵，作五律一首，以去块垒。新岁为庚子，俗称鼠年，鼠者，古人形拟小人，多用鼠窃、狐鼠、鼠目、鼠窜，等等。鼠若为人形，必加害于君子，如《诗经》言若为"硕鼠"，篡于尸位，更危之于民祸于国。而鼠代代繁衍，不可灭绝，兴风作浪，疫而为患。说是"胆小如鼠"，其实未必。鼠之狡黠为害，人莫可抗衡，如纪晓岚《阅微草堂笔记》所述者，亦当惊心。而对骄横之狐鼠，或趋避而为上！鼠者，当不可凌君子，而以天下之大，必可容人篷舟一叶也？

端午抒怀[1]

每到端阳思蒲剑，离骚一卷感同孤。
帆樯分向双湖水，[2]艾叶来熏五色图。[3]
三户秦亡遗姓楚，[4]八千越甲恨吞吴。
小人不得加君子，[5]澎湃幽兰气绕舻。

二〇一九年六月七日

注：①用七虞韵。

②屈原生于湖北，沉于湖南。苏州则传说竞渡初为纪念伍子胥。浙江竞渡起源则云纪念曹娥。北方则以介子推为"五月五日不得发火"。古之将端午视为"恶月恶日"，阳气极盛，故灭毒驱邪。

③唐代、北朝时帐上装饰五时花。汉代则有五色印饰门户、五色丝系臂等习俗。

④《史记》："楚虽三户，亡秦必楚。"陆游诗："楚虽三户能亡秦，岂有堂堂中国空无人！"

⑤左宗棠曾大书刻碑："小人不得加君子，外夷不可凌中华！"

辰日有思

花已随春落，又忆彩云中。
草长将双岁，风摇动几倾。
何时歌再耳，执手瑟重听？
月下扶肩酒，朦胧絮语轻。

二〇一九年四月

吊咏董振堂

董振堂骸骨无存，他老家河北新河县有以他名字命名的纪念馆、公园、中学，华北军区烈士陵园有他的墓碑，牺牲地河西走廊高台县有纪念碑，我皆未去过。曾写长文刊《北京日报》，意犹未尽，赋七律一章。

高台悬首泪模糊，尸骨焉存土尚浮。
笔色钩沉难写恨，血花魄动忍恸哭。
家山不改蚀枪戟，桑梓何归旷墓庐。
弹雨硝烟皆散尽，英魂可望帜如荼。

二〇一八年十二月五日

霜降得句

落叶声声入室来,凭窗远眺恨霜霾。
一万年间心眷属,八千仞上意徘徊。
天风澎湃削崖裂,沧海层叠卷地哀。
浅唱应须明月在,放言何日携高台?

二〇一八年十月廿三日

端午见霓儿微信有怀,读杜甫《月夜》诗并步韵

肠内嗟难热,夜中字里看。
深心埋过隙,稚语见平安。
艾蒲馨香淡,熏光晦雨寒。
仰头无月色,不得倚阑干。

二〇一八年六月十八日

望城怀古

　　望城,乃荆楚故地,长沙旧郡。是日游欧阳询故里,铜官窑址,古街乔口,谒祀屈原、贾谊、杜甫之三贤祠。望湘水江波之粼粼,吟杜甫悲悯之所咏,步杜甫《入乔口》诗韵赋得五律以吊。

山色谁扶助?三贤拜不赊。
江波流日夜,草木映光华。
墨迹堪仰止,夕晖正半斜。
飞灰窑址寂,不朽是泥沙。

二〇一八年五月廿九日

怀张伯驹先生

逢伯驹先生诞辰百廿之年，又举办他捐品之展，忆少不更事时曾到后海张寓拜访。后来张老逝后，也拜访过潘女士。20世纪90年代初曾填《桂枝香》怀念张老，发表于《文艺报》，后收入诗集。也写过纪念他的文章，收入我谈戏剧和书画人物的《燕台旧墨》一书中。翻检旧作，如在川上，真是逝者如斯夫！作一律，用六鱼韵，是为怀念。

一刻春宵一卷书，夜来惯唱鬼坟嘘。
如帘雨色难追忆，似盖天霾断觅庐。
也教春风吹瑟瑟，漫将柳絮忍踟蹰。
画帖咀华犹在目，不负悲欣身后除。

二〇一八年四月四日

云南水富温泉木香花

雨声雾影里，翳盖百千蕾。
绽色洁如雪，开时若敛眉。
夜中明月照，厣冷暗魂窥。
或见凝眸下，问君胡不归？

二〇一八年三月廿五日

落 叶

　　见一地落叶,能化春泥哉?佛于高台讲,而落花缤纷,而尘间纷落,而非菩提。院中一地落叶,有桑、枣、构树各叶,谁人可知可分?或古人所云草木一秋,喻之人,同此理。记得有人问王阳明山中花树:"天下无心外之物,如此花树在深山中自开自落,于我心亦何相关?"王答:"你未看此花时,此花与汝心同归于寂,你来看此花时,则此花颜色一时明白起来,便知此花不在你的心外。"心学玄妙,但落叶呢?人之如似?亦似涸泥?故嗟而作。

　　　　高台花似雨,地上叶将泥。
　　　　抔土埋蜩蚁,大千渺空虚。
　　　　斯嗟怜草木,焉可近菩提?
　　　　风自凋零起,山中云也低。

　　　　　　　　　　二〇一七年十一月十八日

忆少年（二章）

忆总政歌舞团集训

晨练声声遏，夜喉舞榭台。
十八般技艺，二十少襟垓。
豆蔻弱冠事，戎衣绿鬓来。
年华愁不晓，依旧忆萦怀。

题少年照

少年何所忆，天地一戎衣。
铁笛鸣弦羽，铜琶换鼓鼙。
青春皆往逝，歌舞记嗟吁。
负剑成萦系，关山不可移。

二〇一六年八月一日

注： 忆昔在北京西直门内总政歌舞团，集练近半年，时在合唱队。少年不努力，嬉戏游玩。惰习至今不改，向往名士疏懒气，大事无成，悲夫！

端午四题

望京东北飞，振羽唉阿谁？
冠髻空华丽，莲衣枉洁瑰。
水流不复返，诗意已相违。
孔雀惜毛翼，鹧鸪任徘徊。

其二

何来东北飞，迟暮早无违。
零落花容敝，飘摇艾叶垂。
空言无限好，掩耳罢弦吹。
芳草何须怨，佳人已不归。

二〇一六年六月九日

注：屈原将芳草美人喻君子，"惟草木之零落兮，恐美人之迟暮"，其实何指容颜，关乎心态。屈原是怨而不怨，仅止讽喻。今人动辄咄咄，甚而污秽，不可取矣。或外而彬彬，内则暴戾，视他而无物，以为汝谁也。可悲夫可哂笑。

其三

莫来东北飞,去意已暌违。
蒲叶含悲色,残阳泄戚晖。
美人难信守,芳草寡循回。
且唱梁园曲,问君胡不归?

注:屈原诗中将美人芳草喻为君子。

其四

暮鸦东北飞,掉首何徘徊。
蒲剑难将觅,清樽独去杯。
骚吟久不作,残纸写几回?
大道遮尘垢,飘飘挽衣归。

二〇一六年六月八日

杂 咏

关山剑胆消磨尽，一对繁花一怅然。
芳草美人难对赋，狂沙大漠渺孤烟。
沉浮履步频回首，骸骨琴心遗落冠。
絮雨潇潇何处忆，月明依旧望人间。

二〇一六年五月廿一日

步韵一律

枫桥寒寺未关关，血雨腥风裂袂鬟。
昂首直言真辣手，扬眉有胆是红颜。
众人皆诺呼先醒？逝者应期告昧顽。
怜惜春风无处问，何来碧涌染青山。

二〇一六年五月十九日

注： 读《北京诗词卷》，见林女士遗诗，惜乎只选一首。古人的诗品太烦琐，我认为诗只有：太好、好、不好、不忍卒读四类。林诗略输文采，七律难写，对仗、平仄等很对，不易。

无 题

飞红寥落雨曾啼，迟暮春深絮入泥。
未肯杨花堪薄命，徒将芳草认凄迷。
文章难换扬州鬓，锥笔何投大漠旗。
孔雀东南无忆处，一声低唱小桥西。

二〇一六年五月十五日

读吴志实书法

龙蛇四壁动心旌，围树春深岂瘦生。
行脚书橱崛健笔，飞卮华采孕姿容。
文坛息影琴箫寂，墨帖填胸面目惊。
一叶知声方鹊起，凌云台上更云凌。

二〇一六年五月

注： 载《名家名作》2016 年第 5 期。

伯翱兄《七十春秋》书出索句用题《六十春秋》诗韵以贺

七十年华岂瘦生？暮春时节绿荫浓。
烹鲜挥洒觥觯小，花草渲皴烂熳中。
悲喜文章痴有意，春秋褒贬眷多情。
一竿钓尽天涯远，泛海飞舟月下行。

二〇一五年五月七日

昌平访李滨声先生途中观落日

落日惊心疑血染，春风拂面怕尘灰。
燕来梁绕终须去，雪化冰封复始回。
几信山盟托骨魄，难将载誓枕舟帏。
云山梦断凋残雨，落入人间酒一杯。

二〇一五年三月七日

读《岁月的皈依》

锦瑟青春若许年，一回读罢已浑然。
熏风未解云遮月，细雨无端絮化烟。
清影依稀萦枕梦，华浓散去入槛眠。
岭南花气应袭袂，也惹婵娟今夜圆。

二〇一三年六月十四日

注： 是时月轮距地球最近之刻。

依南轼八庚韵至三亚感怀

又至天涯人未更，梅花赏罢换裘轻。
曾经紫砚遗兰海，每忆红笺写碧瀛。
款款柔风萦往事，依依细雨眷来生。
痴痴莫可知何物，锦瑟无端早不鸣。

二〇一三年二月

除夕有怀

笔尚生花鬓已星,谁堪残醉树银中?
无人对坐诗还作,有酒孤酌春意生。
似粟华年溶阔海,如涯襟抱散沧溟。
扁舟载美何足道,天下欢颜老杜情!

二〇一五年二月十日

夜大雨

入夜阵雨大作,敲牖甚疾,书读难竟,吟诵板桥诗句,仿佛唱和。

漏夜雷涛更已深,击窗如阵撞千寻。
一天星散风先至,万籁云沉月已沦。
雨泣似闻环珮泣,朱门应见敝柴门。
关情枝叶真无寐,疑是板桥梦屦临。

二〇一二年十月

几生修得到梅花

近体绝句卷

步韵和吴世民先生咏雪

我有诗心绾雪驰,晶莹飞落裹疏枝。
万里何知皆玉色?无有放翁梅下时。

二〇二三年冬

张逸良索题

少年也慕凌霄笔,三十文章出锦华。
凭君只手铺五色,燕台秋色共云霞。

二〇二三年十月卅一日

题指画名家曾京兰女史赠作

湘漓分水入灵渠,堤上八哥自在啼。
赖有画师灵韵气,指尖墨染叹无匹。

二〇二三年十月廿四日(霜降日)

重 阳

风里读词忍泪流,万家忧乐上心头。
江山依旧东流水,叶落人间又一秋。

二〇二三年十月廿二日

秋　睡

报道谁人秋睡美，海棠春寐胜烛光。
偷来半日独高卧，不点西窗一夜香。

二〇二三年十月十五日

题言慧珠

卿音曾未等闲吟，直教花容赴玉焚。
自古才人多薄命，须眉鬓鬟可无分。

二〇二三年十月三日

神农架韵语（三首）

神农架夕霞

暮至神农架，车行蜿蜒入山，映目山青如黛，见满天红霞，绚烂如荼，叹为壮观。遂口占一绝。

蜿蜒一路皆苍翠，秋雨昨宵洗碧空。
谁舞如椽多彩笔，心旌夺目半天红。

二〇二三年八月廿八日

注： 27日落雨，昨至已放晴。

登神农谷瞭望塔望云

神农架海拔最高为3100多米，瞭望塔处为2000余米。本应观赏峡谷风光，未料垂云笼罩，尽皆不见。

开阔天阔见云低，笼盖垂崖落绕膝。
四面飞流吹寒意，一抹残阳露徐徐。

二〇二三年八月廿九日

神农架望云

游官门山、神农坛，神农架流云安详缱绻，令人遐思，望而物我两忘，故吟得一绝。

诗家也爱白云卷，飞过逶迤山映青。
想见风声秋色里，满山黄叶与枫红。

二〇二三年八月卅日

注：此季至神农架一片葱翠，深秋至此则可见林叶赤橙黄绿，风景殊绝。

七 夕

月淡前宵听雨声，忆来桥畔数星星。
不知何处寻乞巧，一半朦胧一半风。

二〇二三年八月廿二日

到晋江啖卤面

神往悠然卤味香，海鲜百味入回肠。
萦萦但有痴思馔，不在京华在晋江。

二〇二三年七月廿三日

访山中画家草庐

今至兴安摩天岭余脉山中访朱明亮画室，于竹林环绕中，独立一庐。朱明亮先生精鉴石，擅书画，于山中寻觅块石上盘根错节之菖蒲野兰，悉心置于室中，与奇石书画相映，令人尘心皆无。归来赋绝一首，以记雅见。

菖蒲山兰石上苔，一掬清气洗尘怀。
千竿幽竹风吹过，写得新诗纸待裁。

二〇二三年七月十九日

参加灵渠曾京兰指画展开幕式剪彩吟作

化境已臻惊墨痕，渐脱妩媚见纷纭。
灵渠借得地灵气，笔笔勃发气象新。

二〇二三年七月十八日

暴　雨

熏风过了是秋风，天祸尘间是草蓬。
浊水滔天雨怒泻，万家灯火隐沧溟。

二〇二三年七月

愁　雨

淫雨连绵奈何天？归仓跌价价更廉。
一年欢悦伏倒痛，汗水无流剜心间。

二〇二三年六月六日

注：像地连雨，麦皆发芽，收购价八角余，色黑味道差。不发芽可售一元四五角。

九龙口

宿盐城沙庄古镇民宿，有村落古朴遗韵。尤可称道者改造后回迁百余户原住民，保存昔日烟火气。九龙口湿地、荷花荡、龙珠岛等，令人神清气爽。舟上放眼接天芦苇荡，不胜旷怀。舟上倚窗，吟得短句。

十万芦荻碧水中，吹衣舟上送风声，
龙珠岛见菩提树，七叶白花跃葱茏。

二〇二三年五月十七日

光岳楼

聊城光岳楼有六百年历史，从未毁坏。登四层顶，可眺东昌湖和范筑先、傅斯年故居。傅氏五四运动领袖，乃风骨谔谔之士。我佩服者有三：一、知节义，终生不言高祖傅以渐，因其投降清朝，终生以为耻。二、敢直言抗极峰（民国时称谓：上级称上峰，部局称层峰，最高称极峰）。三、将日伪时大学教授和学生一律不承认学籍。今三月初三，古上巳日，遇雨登光岳楼。

一夜凤城兼雨声，推窗遥想入波听。
遥思天上黄河水，落到楼头四望青。

二〇二三年四月廿二日

注： 小雨未解旱。凤城，聊城之美称。

读《春风吹》书赠

微雨潺潺隔碧栊，风轻春半远诗声。
似是人生多少憾，玉山常入梦痕中。

二〇二三年四月四日

春分有寄

幽谷蜡梅花又谢,几声啼鸟伴谁来。
春心又见生春草,怕向阁前问可栽?

二〇二三年三月五日

青岛散记(三首)

登游轮出海

望眼天风浩浩,寒意拂骨,海日映波,浪涛动魄,口占一绝。

犹是春寒料峭中,楼船海日照天红。
风狂浪涌千番卷,有客扶舷尘世轻。

情人坝

2008年奥运会,一位冠军在此被求婚,今已成为景点。

世间绿鬓与青丝，堤上谁知长久时？
浅似清波深似海，春风如剪绪如织。

二〇二三年二月十七日

夜航浮山湾

风中见岸灯光秀摇曳，高厦林立，皆璀璨炫目，宛若星汉。甲板上赋诗一绝。

不见秋潮见海潮，夜航缓缓破波涛。
风吹夺目望星汉，清影寒舷欲觅箫。

二〇二三年一月十七日

世旭兄有恙住院手术次日醒来示所作诗一首，步韵和之并慰

盛名一世将军气，也有豪情也有痴。
吟诗须携一樽酒，香雪罗岗待访时？

二〇二二年十一月十日

注： 兄以《小镇上的将军》名起文坛。

汕头新咏（三首）

石炮台遗址

清同治年间潮州总兵以"邻氛不净""潮海严防"为由奏请朝廷批准，于同治十三年（1874）动工，光绪五年（1879）竣工。整座炮台为城堡式环形建筑物，城垣上平下拱，护台河环绕全台。上下两层各置火炮18门。

一天风雨几回落，巨炮峥嵘历寇氛。
耳畔涛声先入耳，南天翻卷望残云。

二〇二二年八月廿四日

咏海上风电

至汕头海上风电产业园，组装车间高31米，风电设备基座宛如层楼。据介绍，海上风电份额已达全球市场百分之二十。诗以赞之。

落下鲲鹏万里涛，挟风舒卷借扶摇。
凤凰花色犹相映，天海无垠化碧霄。

二〇二二年八月廿六日

咏南海神庙

  南海神庙是隋朝所建国家神庙，是东南西北四大海神祠仅存者。历朝不断加封，至清代已逾千年。苏东坡至此写沐日诗，庙内有浴日亭（原称观海亭）。并有明清码头遗迹。庙内有三棵古木棉树，盛开时如云霞灿烂。原有古印度波罗国贡使拜谒南海神，种波罗树两棵，日寇侵华驻神庙，竟将树毁而烧炭。20世纪80年代重补种。三棵木棉两为红花，一为黄花，交相映照，盛开时绚烂夺目。惜来此未逢开花之日。口占一绝。

天光万里不扬波，亭上犹听沐日歌。
可惜珊瑚今不见，凌霄火凤对波罗。

           二〇二二年八月十三日

江夏行吟（五首）

湖泗街乡村民宿

至湖泗街海洋村民宿，欣喜于打造休闲民宿而全村脱贫。眺梁子湖，临岸坐，望风拂湖波，荷影团团，竹林有声，梅雨细细，遂赋绝句。

梅雨丝丝洗竹林，湖波风过好披襟。
一枝绿裹莲蓬在，嫩籽剥开待句吟。

二〇二二年七月四日

注： 江夏日日可食莲子，意甚盎然。

采莲节

雨色潇潇中至法泗街，出席 2022 第十届赏荷采莲节开幕，雨中游十里荷塘，见莲叶接天，无穷碧色，即兴赋小诗二绝。

十里芙蕖摇碧波，团团莲叶雨厮磨。
人间想见楚天月，夜色荷塘可诵歌？

注： 古诗"莲叶何田田"，曾读考证，以为是古人刻书"团团"之误。

其二

半城吹雨半城风，十万荷花绿映红。
淅沥栈桥桥上过，伞遮不若叶来擎。

二〇二二年七月五日

参观中山舰博物馆

中山舰曾是孙中山座舰"永丰"号。舰员大部是毕业于福建船政之闽人。抗战中改为后勤舰，拆除主炮，编制108人只留50余人。遭日机轰炸，舰长被炸断一臂一腿，仍指挥高射机枪反击，击落日寇飞机一架。舰长以下20余人殉国。幸存最后一位水兵于2014年在台湾逝世。

怒海楼船烈焰中，当年敌忾气吞虹。
英雄喋血痛躯裂，雪耻千秋恨不平！

二〇二二年七月五日

赞荷乡

江夏有一年一度的荷花节。江夏数日，触目可见莲蓬、莲子、荷叶，宾馆房间天天可见莲子，菜肴日日可见莲子，吃饭时每见荷叶花蕊菜肴，很多煎炸之肴都用荷叶托着，令人心生绿意。听刘醒龙先生说，逢莲子上市，武汉一街都是荷香，江夏亦如是。

一街花气认荷香，团叶青青映履裳。
莲子褪衣如咀玉，丝丝清爽惹回肠。

二〇二二年七月六日

读《李清照诗词集》二章

　　读罢全部李清照诗词，对其人有深层了解，诗为心声，亦可洞悉一腔心绪。所谓夫妻意合，此一时而彼一时，真不可久远。如赵明诚赴任，竟不携她，写词哀怨，甚不可问。赵死而再婚，人言可畏，亦无穷烦恼。朝廷派系之争而致两家父辈生隙，更是重重阴霾。天下眷属，可向往而不可得，所谓"同床异梦"，真乃夫妇间写照！故有二绝，以为易安居士一叹。

　　恨不同吟此卷诗，盈盈脉脉可重拾？
　　人间天上不能问，辜负轮轮月淡时。

二〇二一年十一月十九日

其二

　　自笑多情自作诗，沉香此夜绝相思！
　　尘间花落何须问，意淡天高知不知？

二〇二一年十一月廿日

见 雪

得意人生莫赏梅，今宵雪色任风吹。
男儿四顾天山上，铁马弓刀大笑回。

二○二一年十一月六日

注：立冬前日雨雪交加，忆壮岁曾登丽江玉龙雪山，天色苍茫，大风吹雪，赋长诗《玉龙雪山歌》纪行。古人多有诗咏边关塞上，旌旗半卷，雪夜弓刀，诗与功名，流芳后世。

首句用辛词成篇有赠

"记得同烧此夜香"，曾经月夜映红妆。
也拥雪色听诗后，入梦风轻鬓不狂。

二○二一年十月卅一日

夜雨示人

一窗秋梦一丝雨，一寸沉思一寸心。
一纸花笺一束笔，一天星淡一长吟。

二〇二一年九月廿六日

注： 连日淫雨不止，沉沉秋色，人何以堪。写诗一绝示人，有文字游戏之嫌。诗思稍纵即逝，故记之。

答客问

极目京华烟雨里，一年愁绪是秋光。
我是金风吹散客，鬓间诗意向沧桑。

二〇二一年九月九日（雨后）

注： 秋气日深，雨色凄凄，古人悲秋，诗句不胜枚举，所以秋瑾女侠临就义前慨然而书"秋风秋雨愁煞人"，一腔愁绪，悲乎也夫！

襄阳诗话（三首）

习家池

　　襄阳，兵家必争之地。春秋始战事达二百余场。南宋立国，岳飞出击，收襄阳六郡，声威大振。南宋抗元大战六次。赵淳率万余孤军守三月，退敌二十万。咸淳年蒙古围城之战绵延六年，最终宋亡。闻外国人写书，说元灭宋，改变世界历史之走向。由此战元军亦改变攻城略地之战术。抗战中枣宜会战、鄂北会战，殊可点赞。尤1948年襄樊战役，乃攻坚战之范例。襄阳者，兵战之城也，故谓"铁打的襄阳"！然襄阳亦有胜迹。游习家池，绿荫池榭中有祠。襄阳习凿齿名垂著史，其后裔一支迁陕西富平，排行有"中"字辈。

汉水接天若有思，波光碧树映家祠。
城头烟燧连绵久，谁个轻裘缓带时？

二〇二一年七月十二日

注： 三国以降名将甚多，西晋名将羊祜于此镇守。《晋书》载他衣不被甲，轻裘缓带，有儒将之风。

汉江夜舟

下午至米公祠与古隆中三顾茅庐地。米芾是宋四家之一,后人说"颠不可及",并不为过。诸葛亮是伊、吕一类彪炳汗青的人物,这两者前人话语皆说尽,"崔颢题诗在上头",已无新意可咏。归登游艇于夜色中游汉江,拼成俚句。

一江风动一天霞,千里凌波缓缓发。
两岸楼台灯火夜,霓虹钩月过龙蛇。

二〇二一年七月十二日

注: 汉江长一千七百余公里,襄阳段一百余公里。夜舟游返十余公里。见江架四桥,过长虹、卧龙、凤雏三桥。两岸灯火璀璨,可见古城北门城楼及城墙,江风月照,旷怡胸襟。

老河口游太平老街

老河口有两千年建城史,乃伍子胥故里,萧何封地,欧阳修曾任县令。抗战中第五战区司令长官李宗仁于此驻守六年。至太平老街徜徉旧貌,小店用餐,别有韵味,又尝清真食品锅盔馍,香溢唇边,甚为可口。据说李宗仁甚爱此食。戏作一绝。

江头曲径觅街房,缠绕金银花色香。
下马将军鏖战后,先啖芝麻饵饼黄。

二〇二一年七月十三日

晋江郑成功演操台

丹心依旧蠢南天，曾下江流蔽日船。
辜负石城盟会策，换来横海去龙盘。

二〇二一年六月廿七日

注： 郑成功曾与左良玉约，百万楼船顺江而下，会师南京。惜各自失策，贻误军机，终至遗恨。郑成功终退据台湾。

近端午

忽见一只暗红色大蝶盘旋飞舞，凝眸许久，它来此为何？孤独？树上不时有鹊来食桑葚，见之则命悬一线矣！几次见起落翩跹，日将落，遍寻，见落于墙上，此又缘何？莫非与撒落一地的桑葚共枯荣？也许套用先贤语义：子非蝶，安知蝶之乐？或，又安知胡不归？又譬如《离骚》千古悲吟，而今几人知其意？江波蒲剑，化为流俗矣。

风暖酒旗迎蒲剑，悲吟自古感凋零。
落墙孤蝶知何意？桑葚入眸一地青。

二〇二一年六月十二日

观电影（二首）

蔽日遮天千弹发，夜空璀璨乱流霞。
钻穹破网空嗟叹，矛盾古来各一家。

二〇二一年五月卅日

其二

几千飞弹裂云霄，漏网铁穹空怒号。
踌躇挥师突进后，满城巷战可夺标？

二〇二一年五月廿五日

黄埔记咏（四首）

登楼远眺

雨后登46层高楼，扶栏眺望珠江两岸，可见"小蛮腰"。口占一绝。

摩天已改旧时颜，雨色酣风心旷间。
正是风华千百景，遥看香雪与腰蛮。

二〇二一年五月十八日

注： 旧羊城八景有"萝岗香雪"，"香雪"指白梅，今辟为公园。"腰蛮"，小蛮腰，倒装为押韵。

谒海军广州烈士墓

墓位于海军广州基地内，是为1950年万山群岛海战牺牲烈士而建。是人民海军第一次陆海联合海战（歼敌700余人，击沉舰4艘，击伤11艘），也是我国唯一的海军烈士陵园。园内塑有林文虎烈士像。林烈士是泰国华侨，出身富庶。抗战中归国加入东江纵队，历任至团长。海战时任广东军区海防司令部副支队长。墓阶侧有玉兰树，在幽幽香气中不断有祭奠者。

眼底眉间皆绿意，玉兰幽气上衣来，
凤凰花似英雄血，凝作丹心岁岁开。

二〇二一年五月廿日

参观黄埔军校

  黄埔军校，国共将帅之摇篮。历七期共招收学员一万二千余人，湖南学员最多达八百余人，中共学员八百余人，可知姓名者五百余人。除内地外，亦有华侨及韩国、越南等籍学员。开国十大元帅中有黄埔教官、学生五人。

  风云年少出长洲，万骑征伐碧血稠。
  最是鼙声烽火里，同袍御侮赋同仇。

二〇二一年五月廿日

香雪情思

  黄埔开发区处处可见"香雪"之名，所居公寓即名"香雪"，及至地名、公司名、宾馆名、店铺名、餐馆名，甚至饮馔，用"香雪"者多多。甚感诗意盎然。盖因羊城八景之一"罗岗香雪"于此也。白梅相间万株荔枝，是黄埔一景致，并有一年一度荔枝节。

  吹过东风香雪中，眸间霞染荔花红。
  唯有岭南常住客，眉弯缱绻入文中。

二〇二一年五月廿二日

汕头道情（四首）

观汕头侨批文物馆

侨批令人记忆深刻而震撼。仅存于世16万件侨批，是珍贵的世界人类遗产，只有中国人才如此含辛茹苦、胼手胝足、埋头苦干，如此情挚、守信、执着，如此眷恋家山、聚力宗族，世所罕匹！观后余思未绝，于车途赋诗一首。

红头船上过番客，万纸侨批万重山。
纵有汪洋隔故梓，目汁涔涔洇传笺。

二〇二一年五月十二日

注： 侨批上往往钤图章，其中一枚为"一封书寄万重山"，令人生无限感慨！观侨批中有"目汁"一词，眼泪也！侨批，饱含辛酸史，不可忘怀。

郑成功招兵树

南澳镇总兵府，为戚继光、俞大猷所倡，设于万历三年（1575），至清代共历任176任（含副总兵）。其中有名将郑芝龙（郑成功之父）、刘永福（两任）。府内有郑成功招兵树，历四百年之古榕，盘根错节，宛如化石。传说郑成功于树下招兵抗清，故称"招兵树"。

苍虬盘节似如石，四百年来又吐枝。
振臂焚衣招子弟，艟艨新换收台旗。

二〇二一年五月十二日

注： 郑成功闻父郑芝龙降清，愤绝父子之义，乃焚儒生服饰，矢志抗清收复台湾。

宋　井

南澳岛有南宋历史遗存，除太子楼，有千年宋井。南宋陆秀夫、张世杰护少帝赵昰、赵昺至岛，士兵掘井两口得淡水，距海仅十余米，至今水出不绝，涨潮台风海水淹之，仍复为淡水，是为奇迹。另一口井今无存。陆秀夫负少帝蹈海，南宋灭亡，故时民谚云：南宋之后无中华。二十万军民皆战殁。行脚至此，有诗感慨之。

滩井千年在角涯，飞灰樯橹圻中华。
可怜廿万军声里，蹈海衣冠化与沙。

二〇二一年五月十二日

凤凰树

汕头市花名凤凰树，又名金凤花，夏季盛开，灿若红霞，惜至此未睹，是为一憾。

树树葱茏不是花，夕阳万抹认成霞。
涛声云影风吹散，只好来年看不赊。

二〇二一年五月十六日

立夏（二首）

一声杜宇断人魂，半散东风半散云。
道是无情春已暮，已知花信各纷纷。

二〇二一年五月四日

其二

三月将临风也轻，千葩万蕊绽开声。
半城碧色春虽浅，也寄诗笺与道情。

二〇二一年五月四日

注：见示杨万里诗，遂用其韵自作咏春。

晨见微雨

杨花落尽人何见,淅沥声中惹寂思。
鹧鸪不知声转咽,春泥残瓣也凄凄?

二〇二一年四月廿二日

辰日浮尘

埋首尘遮天上月,无暇展读尺笺时。
世间多少寂孤客,放下痴痴还是痴?

二〇二一年四月十五日

注:三月初三,古之上巳节,即修禊也。实为雅洁之事,今尚粗鄙,早已湮没无影也。

寄慰高洪波兄

烹羊遥想鼓楼西，对坐倾樽快朵颐。
只怅春风今又是，寄诗暂慰久睽离。

二〇二一年四月十五日

注： 与洪波兄微信问候，答："只是与酒渐行渐远，忆及与兄于鼓楼侧吃涮肉品二锅头快意人生，不禁怅然。"前岁与兄会后，踱步至鼓楼涮羊肉，二人饮尽一瓶青花瓷二锅头，又啤酒若干，扪虱快谈，如在目前。许久睽违，思之怅然，赋诗一绝，以寄慰之。

地安门火神庙赏花

等闲识得芳菲面，幡下幽香细细吹。
落瓣簪头春已半，小桥不过过花帏。

二〇二一年三月廿七日

题友人照

春色容光相与邻,好夸珍摄倍精神。
诗家更待蓄发笔,还可旗招倾半樽?

二〇二一年二月五日

注: 洪波兄出院并自摄见示,遂作一绝相赠。友人复微信:"哈哈好诗小平兄。倾半樽已成奢望了,医生严禁酒也。忆及相声会议后兄弟二人步行觅醉,大品涮羊肉痛饮精品二锅头场景,大病之后恍若隔世也。"忆昔凡二人饮,必尽一瓶白酒,再饮啤酒,此畅事难忘,忆之粲然!

除夕漫归

昨宵踽踽过高墙,灯火楼台鬓转凉。
明灭阑珊何处觅,归来把卷读西窗。

二〇二一年二月十一日

春帖子

一年一度花催艳，恍似云鬟与靥眉。
锦簇还须春与色，扉门又见醉人归。

二〇二一年二月十一日

注：春帖子者，清廷制度，腊月二十日前后，凡内廷亲贵满汉军机大臣及南书房翰林等要进呈新岁贺诗。内容均为颂圣。乾隆年间定诗格式必须是五言、七言绝句，军机大臣书一折，翰林书一折。皇帝有时也写诗交大臣们唱和。因立意必颂圣，诗味甚少。不过无论优劣，因是贺岁，皇帝绝不会发脾气，还会向所有进呈诗的臣下每人赐笔二十支、墨锭二十件、纸二十张、绢笺五张，皇家纸笔均是精制上品！我这俚句严格说不算春帖子，假若退到清代，假设在南书房有差使，进呈肯定不合格式。

冬　至

一灯如豆似如灰，寒意袭人绕蜡梅。
东风还在春归后，呼谁夜色可衔杯？

二〇二〇年十二月廿一日

晋江行（六首）

弘一圆寂处

瞻李叔同圆寂处晚晴室，有朱熹手书刻石。李叔同法号弘一，以振兴律宗形销骨立，奔走呼号，峻拒奢靡之风，实为营养不良而寂去。弘一法师实为以一己之力向风车挑战，所谓"华枝春满，天心月圆"的境界，不可实现！虽佛法无边，但世无净土。他法相庄严，但尘世暗昧污浊，徒唤奈何！抗战中，他大量书写"学佛不忘爱国"广赠世人，怀憾而寂。一个民族需要仰望星空的高洁之士，哪怕这种高洁不为世俗所流布。若无，族必堕落无骨。凝视他圆寂之陋室，凄赋小诗。

风拂丛竹淡书声，不教人间沐晚晴。
遗墨而今谁记得，凄清寂去涕凋零。

二〇二〇年十一月廿日

南音之雅

赏南音、压脚鼓、提线木偶。南音雅矣，中原古音活化石，中国之昆曲及大部戏剧皆源出于此。南音所伴琵琶为抱式，称北琵琶，《韩熙载夜宴图》中可见。洞箫其实即尺八，唐时传入日本，苏曼殊在日本所写诗"春雨楼头尺八箫"，即咏之所见。观时雨为之淅沥，遐思隽永之至。

如丝雨色亦如纱，横抱北琶弄尺八。
压脚鼓声转急促，袂衣楚楚动眉颊。

二〇二〇年十一月廿日

洛阳桥

依旧石桥穿碧波，蔡公碑记未曾磨。
人间三绝殊难继，不胜知州遗爱多。

二〇二〇年十一月十九日

注： 泉州有洛阳桥，原名万安桥。为北宋泉州知州蔡襄主持所建，是世界奇迹。蔡氏名列北宋四家，蔡襄每地为官，关心民间疾苦，力行善事。曾两次知泉州，遗爱甘棠。修桥并作《万安桥记》，后人誉为"三绝"，即字好，文好，刻工好。蔡襄不仅是大书法家，亦是博物学家，于制茶、植物等皆有专著。不过古人也有说蔡之书法不出晋唐。因宋仁宗欣赏他，苏东坡讥之为受"宠"。然无损传世之名。

到平潭

登将军山，原名老虎山，后纪念1996年三军大演习，改将军山，并立纪念碑。时总指挥张万年上将率128位将军（50余人属虎）登山观演，岛上百姓煮姜汤劳师，并离家疏散。将军山海拔仅四百余米，为岛上最高峰。

十万貔貅听呐喊：朝发夕至出海坛。
将军自古轻生死，谁记双侯勋业还？

二〇二〇年十一月十八日

注： 当时三军参演达十万人。平潭，古称海坛。双侯，郑成功、施琅，因前后收复台湾，皆封侯垂名青史。

福州长乐

天妃宫后有宋塔，明代置灯用以导航。郑和舰队每出海先至长乐港驻泊，待风向则出洋。泊时军士万人则驻扎于陆上。望塔遥想当年气势，赋诗一首。

蔽日艟艨破浪屯，羽林披甲映彤云。
明朝锚起升灯火，风动夜橄传六军。

二〇二〇年十一月十七日

再到围头村

昨天上午至围头村。几年前来过围头村，变化很大。当时即作小诗一首。今询问台湾女嫁围头十多人，而围头女嫁台湾人已逾百人。

襟风吹过倚楼头，云淡天低满目秋。
但愿年年桥上鹊，依依迎见渡兰舟。

二〇二〇年十一月十八日

有所答

秋深一梦夜深沉，遮月浮云不可吟。
世上焉多惆怅客，山河涕泪对何人？

二〇二〇年十一月八日

吉林采风（四首）

五女峰密营

　　昨暮至集安世界公园五女峰，有杨靖宇碾盘会议密营（修复）。杨靖宇牺牲前有人劝降，杨铮铮而言：要都投降了，还有中国吗？！一言可谓流芳百世，为今之仍甘心为异族鼓噪诋毁中华者辈，设一警诫！

雨过秋风吹尚早，山夹溪水泻淙淙。
铮铮铁骨言能泣，岩下凝眸仰密营。

二〇二〇年九月廿二日

临江、集安两地口岸行

　　沿图们、长白到临江、集安四个国境口岸，行程近一千公里，感慨良多。连接中朝的临江鸭绿江大桥于20世纪30年代投用。志愿军35万兵员于此桥入朝。由此桥运回伤员达15万人。1950年8月，美军数十架飞机侵临江，向大桥和临江火车站轰炸，靠近朝鲜一端被炸毁。1955年5月，中朝双方重修。现还可以见到桥梁铁架上的众多弹痕和残留弹孔。

　　巡边屈指两千里，凝目界碑百感生。
　　犹忆大军桥上过，弹痕依旧曝秋风。

二○二○年九月廿一日

绿水白山总是情

　　昨由图们至抚松，宿长白。今晨至鸭绿江畔长白口岸国门楼，界碑为32号，凝眸肃然！登楼顶眺望，一江之隔，极窄处一苇可渡。天落细雨，此地之雨，骤降即晴，故吟小诗以记。

　　山也葱葱草也青，一江秋色动湍声。
　　叠云吹下丝丝雨，湿过衣衫便放晴。

二○二○年九月廿日

登图们江龙虎阁

　　龙虎阁位于珲春市防川景区中、俄、朝三国交界处，堡垒式建筑，共12层，高64.8米，寓意中华边关不可摧也。登顶可"一眼望三国"，然出海口原属中华已不可得，故游人登而多"望海（口）兴叹"！一层有清末儒将吴大澂石刻"龙虎"大字。吴氏曾五至此，整顿八旗，屯储枪炮，抵御沙俄蚕食。光绪十二年（1886），以三品卿衔都察院左副都御史、会办北洋事宜大臣身份，与沙俄勘界谈判，重签两个条约，改添界碑，争回黑顶子领土和图们江航海权，是有功于中华的民族英雄。"龙虎"二字即为谈判前所写。吴大澂为儒将，博学多才，举凡金石、书画，尤擅篆书，蔚然成家。

眺望苍茫出海口，天低风荡此登楼。
名将留镌龙虎字，波光云影见渔舟。

二〇二〇年九月十九日

端午有所思

日夜汨罗流逝中，入眸碧色隐悲声。
后人难晓沉江意，荃不察兮未了情？

二〇二〇年六月廿五日

题牡丹

魏紫姚黄墨面奇,旧京名寺使人痴。
东风催促花生艳,恼得诗家无好诗。

二〇二〇年四月廿一日

注：友人沉石兄摄牡丹照,索题。想起老北京谚云"崇效寺的牡丹,花之寺的海棠,天宁寺的芍药,法源寺的丁香",崇效寺牡丹,极品魏紫、姚黄硕而艳,尤墨牡丹,至民国初全国仅两株,一株在杭州法相寺,另一株在崇效寺。民国时曾特开观花专列进京,鲁迅也曾去观赏,可见崇效寺牡丹盛名。今寺已无,20世纪50年代改白纸坊小学,仅存百年楸树两棵。牡丹则移中山公园。

宅日望花

莫负凌霄万仞思,斯人与笔两相痴。
东风只管催花信,忘却春来也写诗。

二〇二〇年三月廿二日

注：斋中鹤顶红绽放。

步韵和陈世旭兄萦怀武汉

诗意东湖多少年？平生未沐珞珈烟。
何时绕遍樱花色，黄鹤楼头烧烛笺。

二〇二〇年二月廿五日

注： 末句习俗送瘟神之意。

集鲁迅诗句咏时事

吟罢低眉无写处，风雨如磐暗故园。
心事浩茫连广宇，但从心底祝平安！

二〇二〇年二月十一日

注： 集句作诗抒怀咏事，是古人作诗的一种体裁，也被视为一种作诗技巧，即用古人成句（一首诗中只能引用一句）表达咏怀情感。可用一人诗，也可用多人诗。但必须平仄严谨，律句还须对仗工稳。写历史小说的高阳（许晏骈）先生是集句高手，我读过他悼念张大千的几首七律，皆为唐人句，其工稳其情溢，一时无两！这即看出集句要读古人诗极多，且记忆力超强。我很少集句，当然自愧弗如。我上述集鲁迅先生句诗，分别出自《无

题》("惯于长夜过春时")、《自题小像》、《无题》("万家墨面没蒿莱")、《一·二八战后作》四首中成句，以为关注之抒臆，情襟之借笔。

赞李滨声老以画为戈

老夫犹似少年狂，一战成功豪气彰。
要借东风尧舜志，疫君必遁泣冥堂。

二〇二〇年一月廿九日

注： 毛泽东《送瘟神》诗"六亿神州尽舜尧"，舜尧者，岂惧瘟疫乎？又"借问瘟君欲何往，纸船明烛照天烧"，三军可夺帅，人不可输其志！李滨声先生画名《一战成功》，95岁老者尚大呼"一战成功"，我等之气不输可也！

沈鹏先生赠书

识得诗家真面目，挑灯把卷自长吟。
湘西犹忆传温语，一纸题笺墨色新。

二〇二〇年一月廿一日

注：《三馀长吟》《三馀再吟》（一函装），共收沈老诗词近800首。灯下捧读，佳句迭出，意境标新，可诵而吟。

偶读纳兰词

西风虽有恨，吹不见颦弯。
映碧几行泪，只能染素笺？

二〇二〇年一月九日

注： 总觉得七尺须眉按说不该去读纳兰词，过去读之，从未完篇。"人生若只如初见，何事秋风悲画扇""西风多少恨，吹不散眉弯"，固然可诵，但词格境界远远比不上龚自珍、黄仲则。龚、黄诗中的愁与纳兰的愁不是同一个寓意。龚自珍的"落红不是无情物"与纳兰的"落花如梦凄迷""人间何处问多情"，境界难同。王国维推崇纳兰是"北宋以来，一人而已"，太绝对了。不说清代那几大词家，起码梁任公的词未必逊之。"家家争唱饮水词"，也不无夸张。不是他老爹明珠权倾一时，不是康熙宠他"呼吸通帝座"，不是他周围帮闲文人竭力褒扬，一个没有功名的侍卫不过就是跸从站岗，儿女情长的词稿很难传扬开来。偶然吟一吟他的"若问生涯原是梦，除梦里，没人知"，也不过一笑而已。本诗中"映碧"者，纳兰父亲府邸，即今什刹海醇亲王府前身。

新岁有怀（二首）

望来新岁人非玉，自在中宵检旧诗。
寂寞西风星淡淡，一灯明灭为谁痴。

其二

一声新岁意转凄，座上昨宵叹也嘘。
只笑远行天地客，不知风里尚痴迷。

二〇二〇年一月一日

注： 古人诗"人生天地间，忽如远行客"，至理名言。

仰见微雪

　　中夜萧寂,仰天见微雪竟落,云今夜大雪弥天,然或于睡中已不可见。人生天地间,有可见雪者,然作远行客,则有不可见者。正如弘一法师偈云悲欣交集,见雪落欣耶悲耶?

微雪飘飘望落时,此中心境欲谁知。
世间多少远行客,可唤灯明共酒卮?

二〇一九年十二月十五日

有　寄

家山三万里,低首两行诗。
春色藏残雪,孤鸿不可思。

二〇一九年十二月十九日

注:远游异域者发摄影照,即占五绝而寄之。

岭南品鉴记（二首）

  2019年11月22日至28日，风和日丽中，履经惠州、东莞两市四县，旧地重游，新貌灿然，目难暇接，感慨于心。途中情之所发，而心出所咏，归来辑诗以记岭南之行。

再临朝云墓

  朝云墓在惠州西湖内，从严格意义上讲应称衣冠冢，因朝云为钱塘人，死后归葬。这很令人惆怅，绍圣年间东坡被谪贬，只有朝云执意跟着倒霉的苏东坡颠沛流离，像妻子一样照顾他！生前，东坡一直不肯给她名分，现在各种介绍称她为"侍妾"，实谬然！封建时代妾也是名分，可以享受朝廷诰封，可以入家谱和家族墓穴，朝云什么都没有得到。她的身份卑贱，是乐籍还是妓籍？无晓。苏东坡喜欢她依赖她，但连纳妾都不肯，是当时道德观还是嫌鄙她的卑贱？不得而知。

  青山有幸存衣冢，一缕钱塘魂渺孤。
  辜负世间奇女子，依依云影绕西湖。

二〇一九年十一月廿三日

其二

昨游小孤山畔之朝云墓,步数年前来此赋诗之韵又赋一绝。夜中灯下读所携之《傅干注坡词》,傅干是宋人,此注本是我很喜欢的一个注本,每每把卷。又读苏东坡赠朝云的若干首词,颇有感喟,遂又赋一绝。

红颜有憾知何人,缱绻枉抛一挚心。
我亦风中痴里客,湖波一见似涔涔。

二〇一九年十一月廿四日

岭南归来见雪

岭南归来,眸中碧色未褪,又遇京城落雪,纷纷洒洒,襟为之旷然。雪利农事,古人多喜雪。岭南携归艾草香囊,不知香草之气与雪洁之气可媲之乎?此物古人常佩之,或以赠人。

岭南碧色染轻裳,好是归来喜雪飏。
艾草丝丝幽气郁,不知何处佩香囊?

二〇一九年十一月廿九日

地安门记事

海棠花色映娇妍，几载年华流水间。
正好西风今又是，地安门外小桥前。

二〇一九年十一月廿一日

注：小桥者，地安门外后门桥，而非附近之银锭桥。当年汪兆铭欲谋杀摄政王，非在银锭桥，而是在今鼓楼西大街甘水桥，此桥今已无。至今各种文章仍以讹传讹，奈何？

横峰琐谭（三首）

尤可记者，方志敏制订党员誓词，共十余条，令人印象深刻有二：拒贪腐和领袖崇拜。但方志敏确乎受到党政军各层和老百姓的真心爱戴。村间有一条碎石路，方志敏出行骑白马。深夜人们听到马蹄声，即知方志敏归来，皆心感安详。他的居室门前有块下马石，老百姓常坐于石上等他归来反映各种问题，他待人和蔼，从不压制不同意见，对老百姓尤其耐心解答。可惜下马石旁没有立说明牌。

月光白马映戎衣，碎径蹄声缓缓稀。
坐石门前多翘首，归来下镫謦声低。

二〇一九年十一月十三日

其二

步履匆匆，闽浙皖赣根据地的首府葛源不能不去，那是方志敏叱咤多年的地方。当时这里几乎是一个"国家"的初型，几乎包括各种职能机构。方志敏身长一米八许，英俊潇洒，幼年乳名唤"娘娘"。对所有人，哪怕是乡间老妪，亦永远和蔼可亲。所有人都敬仰他，汪东兴当年只是个小战士，常遥望方志敏住处的灯光，为之仰止。中华人民共和国成立后汪东兴旧地重游，在旧居门前先深深鞠躬，才移步入内。方志敏有情操，富文学才华，好整洁，内心浪漫而寓柔情，他在居室外手植芭蕉，从室内可时时眺望。他早年见租界内悬"华人与狗不得入内"，发誓有生之年必为民众筑建公园。后来在根据地建"列宁公园"，辟游泳池，荷花池（寓意清廉），建六角亭。他每每在亭内坐而读书、看文件，还在亭旁手栽一株梭柠树，今已成围。传说此树为月宫仙树，四季常青，不惧砍折。此中有何等令人感喟的浪漫情愫。

芭蕉窗外望葱葱，却见柔柔一缕情。
把卷亭间常俯仰，苍虬似盖水澄清。

二〇一九年十一月十一日

其三

漫步村中，县文联陈主席讲了新农村建设的一则故事：姚家村夫妇二人常年出外打工，待回村后已不识旧家，因为全村旧貌换新颜，走过村子很远，怎么也寻觅不见。经询问才知道，调头入村，感动而泪下。其实当年先烈们尤其像方志敏、黄道等有信仰的志士，就是为改变老百姓的生存状况而投身革命。

曾经碧血仰高风，夕照溪前树影红。
农舍焕然谁不识？归来游子泪朦胧。

二〇一九年十一月十日

读侯军兄《"文人"瞿秋白》

凄凄沃血染泥红,且放长歌啸碧空。
入骨悲怆凝字里,白衣胜雪忆朦胧。

二〇一九年十一月一日

注: 瞿秋白是有节操信仰且具文人风骨的人物,他之死是有人为因素的悲剧。我记得他临就义前慷慨高唱《国际歌》,一袭白衣,盘坐草茵,从容饮弹,古之义士若有知,必为仰视!

寒露后作

曲终人寂去,入骨是秋风。
吹散秋风后,谁怜蒹葭声?

二〇一九年十月廿日

宁夏三记

夜渡沙湖

　　沙湖位于平罗县，湖邻沙漠，黄沙碧水相映，妙处难说。芦苇丛丛，与莲荷相杂，与湖波相亲，令人赏心而悦目。暮中由银川至沙湖，行程约一小时，夜色中渡船登岛。见水色如墨，苇丛如幕，风寒吹骨，但可望天穹低垂，繁星灿烂。明人张岱小品绝佳，忆其《夜航船》可诵，其佳篇《湖心亭望雪》，虽有凄恻孤寂气，而尤见天地之心。设如其至此必有佳作，可作《沙湖望星夜》乎？乃作一绝戏问。

佳期似幻望星天，荡破湖波芦影连。
我把诗吟同张子，秋风吹骨夜航船。

二〇一九年九月廿四日

青铜峡行船

　　青铜峡，乃塞上黄河较平缓处，宽九十米至二百米不等，位于吴忠市青铜峡市内。夕阳中登游船于峡中游之，两岸各有牛首山（当地人称牛头山）、建于西夏之一百零八塔、大禹庙景致。见两岸芦花生于滩涂中，摇曳秋风，亦为一景。口占一绝。

崖上夕霞倒映天，牛头塔影几回看。
秋风拂过河波缓，两岸芦花开出滩。

二〇一九年九月廿四日

沙坡头

　　沙坡头，腾格里大沙漠之外围，南临黄河。尤奇者，内有180多泉涌之湖，汩汩不息流入黄河。于夕照中游大漠，蔽日黄沙，天高云卷，令人披襟心旷。传说此地为沙陀国所在，亦为丝绸之路北路。又说起西夏王陵，云西夏党项人并未灭绝，此地两村四百余户皆姓拓（拓跋氏）。又云经专家考证，李自成或为李元昊后裔。令人大生兴致。所宿处临黄河，沿河登舟夜行，波澜不兴，灯火闪烁，天星相映，神怡如是。归来赋诗一绝。

涛声落日映黄沙，不见孤烟见夕霞。
出塞传闻陀国事，驼铃声里似闻笳。

二〇一九年九月廿五日

营口散记（三首）

1986年曾至营口，留下几首俚句，犹记曾咏"辽河清月夜，渔火最阑珊""水天浑一色，汀蓼与江平"景色，印象早已朦胧。弹指而今，履痕所至，百年商埠已变换成国际港城，日新月异，当惊世界。数日匆匆，不胜述记。偶作沉吟，辄辑散记。

山海落日

营口，因其特殊地理，而成为中国内陆唯一可临海观落日之处。山海广场，观光胜地，延入海中有40米高之平台，拾级登之，旷目远眺落日徐徐，余辉映彻，波染金光，彤云四布，天海浪连，堪可称奇。故咏小诗记奇景。

俯目登台叹，沧溟连暮穹。

天风吹浩荡，落日染云彤。

二〇一九年九月十七日

楞严禅寺

至玄真观、西天寺参观，尤东北四大禅林之一楞严禅寺，见殿宇辉煌，佛像上品，尤藏经楼经卷三藏驰名。寺内有七级佛塔，徘徊止步。见殿下有数株涌地金莲，其产于中国云南，佛寺尊为"五树六花"之一，又名"千瓣莲花""不倒金刚"。据说春日忽如涌出，悄然绽放，花期可达 250 天！从未见此，幸未擦身，合掌结缘，顿生怜意，赋一诗记之。

仰见嵯峨耀目明，磬声隐隐伴风声。
生莲步步高台雨，惹得花开三界中。

二〇一九年九月十九日

西炮台

此乃清末左宝贵所督建，左氏早岁投军，积军功升总兵，是赴朝对日作战中壮烈牺牲军阶最高将领。甲午陆战中，西炮台守军 500 人奋勇抵抗日寇进攻，终寡不敌众失守。从英法联军、甲午、庚子诸役，清朝岸炮失守从来不注重防御，屡被偷袭，西炮台亦是，徒然扼腕。值得大赞者炮台守将乔干臣，于退守炮台后仍数次率残部与敌激战，值得载入史册！围墙残垣仍在，仿制德国克虏伯巨炮昂首面海，隐隐似有不屈之状。硝烟虽渺，心绪凝重，赋诗一绝。

辽河波涌日夜来，襟动秋风抚残台。
难灭硝烟弥恨史，血痕不见入垣埃。

二〇一九年九月廿日

云遮月

嫦娥玉面云遮半,只在今宵教倚栏。
衣鬓天高寒殿里,秋风不枕桂香眠。

二〇一九年九月十三日

昭阳诗抄(三首)

樱桃谷

昨暮色中至昭阳区索玛樱桃谷,现代出过罗炳辉(红军名将)、曾泽生(辽沈起义将领)、龙云、卢汉等名人。席间彝家长者及女孩们放声歌唱,饶有兴味。观篝火,游客与彝家儿女挽手踏歌,明月升空,今夕何夕。口占一绝咏之。

架火高燃踏几何,山前酒郁月前歌。
彝家小妹弯眉处,唱彻中天曲更多。

二〇一九年八月十八日

洒渔镇

参观洒渔镇十一万亩苹果园,传统种植,有红富士等十余个品种。令人喜悦的是农民从事苹果园种植年收入达8万至10万元!

半城绿色半城烟,橙赤青黄乱眼帘。
喜见农家忙出物,夕阳正染靥如胭。

二〇一九年八月十七日

龙云祠

至龙云家祠,八年前由宜宾穿五尺道至昭通曾至,犹记祠中一角金桂幽香,沁人心脾。八年前游家祠,曾赋一绝,依原韵再作。

经营一隅传评判,变幻风云咸有殇。
逝者今人皆过客,徘徊金桂未飘香。

二〇一九年八月十七日

高洪波赠帖

名场万态逝华年，又是杨花絮过天。
记得倾樽风雨夜，赏心书画未谈禅。

二〇一九年五月廿八日

注：得洪波兄寄赠自书诗墨迹，诗书俱逸，堪为咀华，即步其诗韵脚奉和一绝。首句出自龚自珍《歌哭》"阅历名场万态更"之意。后两句记曾至洪波寓，赏藏册页，风雨声中，不觉樽罄。

昌平长峪城村

翻越近千米之北齐岭，至长峪城。此为明代军事要塞，始于正德年间，分新、旧城。村内有永兴寺，门外有古槐，寺内有戏楼、钟楼。口占一绝。

狼烟不见见山青，岭半颓垣断旧城。
寺外虬榆知兴替，笳声曾伴暮钟声。

二〇一九年五月廿五日

天柱山记（五首）

潜山，人杰地灵之地，山青水郁之乡。尤天柱山者，山因地传，地因山显。2008年归京曾有诗咏"一枕诗声到潜山"，辄见眷意。春风拂煦中欣然重游，虽尔匆匆，触目铭心。心有所感，乃作天柱山五记，谨为游踪之札。

登天柱山雾中观花

天柱山，乃皖国封地，亦名皖山。主峰大镌"擎天一柱"，故名之为天柱山。登临时遇弥天大雾，升旋流泻，影之绰绰，唯见杜鹃盛开欲滴，炫映眼帘。所谓雾里看花，或此之谓乎？传此花即杜鹃鸟，啼时乃绽。又谓哀鸣不绝，故吐血染花。杜鹃有魂，哀色摄魄。山雾遮漫，不掩其艳。映山红、山石榴、金达莱等，皆其别称也。雾中虽不可见天柱，但可见杜鹃花之烂熳欲滴，诚不虚此行，故山道中凝眸口占小诗以记。

雾里观花才摄魄，春风不抚奈何谁？
黄如肌色红如咀，只恐佳人皱妒眉。

二〇一九年五月五日

夜观小乔胭脂井

十年前曾欲观小乔胭脂井,因修葺而不得观,而心存憾意。今于夜色中漫游,得遂其愿。古井今存于二乔公园,井栏刻"建康元年二月",距今1800年。1995年于广教寺遗址发现,继而又从彭岭村寻得井栏并《重修胭脂井亭记》碑,为光绪七年(1881)潜山知县陈慎容(粤人)所撰。乔公故宅于唐五代时改双溪禅寺,今已湮。黄庭坚诗"松竹二乔宅,雪云三祖山",云山仍在,故宅已渺。世人皆怜小乔,而周郎之英年夭逝,更殊堪惜。周郎实儒雅,通琴律,"与周公瑾谈,如饮醪醇",千古佳话!《三国志》周瑜本传赞其"性度恢廓",世人几知之?曲若误,不可顾!绕井盘桓,思之百感,故作诗二首。

明光月照映江滨,古井胭脂细细寻。
纵有修亭陈太守,只传碑迹供存真。

其二

曲误周郎倚井栏,东风何处共调弦。
佳人只惜空青鬓,不并白头千古怜。

二〇一九年五月四日

山谷流泉见摩崖

天柱山有三祖寺,视为禅宗名庭。十年前入寺,感慨于三祖《信心铭》,即"不二信心,信心不二",世间人若皆持此铭,则事皆可为矣!我曾去黄梅四祖、五祖寺入瞻,若无三祖,则无四、五祖,亦无六祖,亦无禅宗之发扬光大。寺侧有山谷流泉,今存白居易、苏东坡、王安石、黄庭坚等历代摩崖石刻近四百幅。据说有李白墨刻，今已不见，或疑被人盗走。又见东坡诗刻，我甚沉吟：走笔不类今遗其墨迹，曾读《苏东坡集》，似不记有此诗。黄庭坚则无疑，长枪大戟，甚符其锋。黄别号山谷，即取潜山景致，乃江西修水人，却甚爱潜山，曾书"吾家潜山"，诗咏亦甚夥，可见情挚。荆公（王安石）诗刻亦甚可，禅意其中，气度宛如。十年前至此地，游人皆可近之摩挲，而今设栏杆为护，赞。曲行观仰中，吟一绝记之。

荆公禅意坡翁疑，山谷吾家句见痴。
最忤独空岩块壁，不知太白可留诗？

二〇一九年五月三日

程长庚纪念馆

贯耳同光列十三，绕梁竟日红氍毹。
徽班高唱晋京后，一脉于今万口传。

二〇一九年五月一日

黄山翠微寺

黄山区陈村近邻有翠微寺，背倚三十六峰之九龙峰。读黄炎培当年日记，细载黄山上寺中售物各种甚昂贵，可见当年寺庙烟火气即如此。古人笔记多记之，不惟黄老所记。

水墨云绫遮住寺，奇峰不见见龙鳞。
山茶墙外出新绿，撞罢梵钟拭落尘。

二〇一九年四月廿二日

屯溪老街

老街临新安江，碧水生烟，翠色风爽。一路徜徉，见有幌招"狗屎糖"者，惊诧莫名。入街中万粹楼博物馆，见"美人靠"(椅)，与"狗屎糖"正好对仗。入笔店，喜其手工宣册，携归。忆昔每至一地，辄觅之。

楼中奇见"美人靠"，街上惊名"狗屎糖"。
满肆徜徉无可觅，携归一册线宣装。

二〇一九年四月廿二日
于机场

游三清山

下午,雨中。由景德镇驱车过德兴,入上饶玉山,两小时至三清山。此为道教之地,历 1600 年。山有八十余景致,全游须八小时。因赴黄山,故上山仅两小时即返,未至最高峰。途中口占一绝。

还晴乍雾云中雨,洗得葱茏似翠屏。
心已盘桓能散逸,履痕何必上高峰?

二〇一九年四月廿日

《布朗克斯的故事》观后

江湖风雨少年行,侠骨刀光血影中。
叱咤回头人老矣,朱家郭解不知名。

二〇一九年四月十四日

注: 朱家、郭解均为《史记·侠客列传》中大侠。

京华丁香四月开

　　旧京三大花事，法源寺丁香、崇效寺牡丹、极乐寺海棠，后两寺花事俱已湮没。余生也晚，皆不可赏。法源丁香据说有郑和自西洋携马鲁古洋丁香之种，多年履及此寺，未遇丁香之季。其如纪晓岚、龚自珍、林则徐等，至徐志摩、泰戈尔等皆为之咏，堪称宣南盛事。十多年前曾至柏林寺观丁香，当然未有法源花盛如潮。

　　丁香花色透衣香，未至焉知诗几行？
　　记得当年徐子事，吟哦一夜最清狂。

二〇一九年四月九日

注： 徐志摩陪泰戈尔、林徽因等于丁香树下吟诗至夜。

观影有感

　　昨悠然无酬，连观外国电影两部《卢金的防守》（英国、法国）、《为什么是我》（罗马尼亚、保加利亚、匈牙利），主人公皆以跳楼自杀为结局，令人嗟然。前者为国际象棋大师，视艺为生命而浸入骨，后者为检察官，办案执着，被上下司法界陷害。观之后，思绪慨然，不寐而作小诗。

　　从来君子避危墙，浊世清标眦发张。
　　展翼纵身神魄渺，月轮望去也凄伤。

二〇一九年四月六日

家山无恙

小桥也在春风里,夜色曾经此地游。
独向柳梢头上望,不知何处棹歌讴。

其二

家山无恙却嘈杂,懒顾莺飞四月花。
万众丛中寻握手,侠骨江湖可相嗟?

二〇一九年四月五日

注:北京南锣鼓巷,后门桥,什刹海,钟鼓楼。家山于此,闲履独步,熙熙攘攘,不知何来。龚自珍诗云"江湖侠骨恐无多",又云"万人丛中一握手,使我衣袖三年香"。

奉化杂咏（三首）

入　寺

奉化有雪窦寺、中塔寺、岳林寺，为布袋和尚出家、弘法、圆寂处。

春风十里尽桃花，万树缤纷看不赊。
武岭归来谈布袋，人间最好是夕霞。

二〇一九年三月廿八日

桃花之乡

此地誉为"桃花之乡"，盛产水蜜桃。最广者五千亩。"桃之夭夭，灼灼其华"，桃廧道上，如目霞海。雨后一游，清气何如。十年前往奉化，未睹此景，今之始见，故占小诗。

才知人面摄魂魄，过了十年愧识卿。
雨后逶迤霓霞海，勾留一半为朦胧。

二〇一九年三月廿七日

溪口古镇

　　溪口古镇，剡溪之水流泻，武岭门峙巍然，梧桐阴翳，风云消歇。玉泰盐铺、丰镐房，故居之地也，而终不能落叶归根，望大陆兮，何止于右任之痛！

楼船去海墓庐违，望大陆兮意气颓。
犹记苍惶辞庙日，无依魂魄不能归！

二〇一九年三月廿六日

春日遣兴二章

谁人挟兴索题诗，熏面桃花知不知？
一自吹襟幽似海，诗痴断了换春痴。

二〇一九年三月十二日

其二

草长莺飞花信风，玉兰靥面映亭亭。
一年又见芳菲里，琼岛忆曾负手行。

二〇一九年三月十三日

上元遣句

颓壁残垣夕照时,黄昏忆句久思思。
忽来夜半飘飞雪,孤影宵灯题小诗。

二〇一九年二月十九日

除夕抒怀

梅花未与伴家山,寂寞天涯梦复还。
正是梅开才落瓣,映它明月几时圆?

二〇一九年二月四日

得崔世广兄赠墨书有赠

明月落梅襟见雅,清风嘘帛墨还新。
拍栏似在烟江里,残酒推杯夜半深。

二〇一九年一月廿三日

注: 雅聚得崔世广兄赠墨两披,尤"明月落梅"句,甚见高古。及至笔意,有朱熹评陆游书法"笔札精妙"之赞。书法存乎于"妙",故王右军乃叹之:"夫书者,玄妙之技也,若非通人志士,学无及之。大抵书须存思……"世广能诗,书法见存思,故精妙。亦仿佛隐窥六朝烟色,魏晋风韵,令人心生飘逸之气也!

偶作（十二首选五）

人生未满若归家，步步莲枝似落花。
烦恼丝丝方寂断，何须再问好年华？

其二

萍逢何必上莲台，四望华枝处处开。
月是天心天似海，三千花雨落尘埃。

二〇一九年一月廿日

注： 有客问，赋二章并注答之。古诗"生年不满百，常怀千岁忧"，人，升一岁增，实是减，至死乃为零。人，至寂灭前皆缠磨难烦恼丝，至寂乃清静。"天意从来高难问"，繁杂，终寂。静息，亦寂。功名利禄、因缘苦思，仍是寂，所谓"终归一个土馒头"是也。所以花雨莲枝，不惟幻境，亦寂落尘埃，此不二法门示尔。

其三

不曾绝壁见幽兰，纸上才窥君子颜。
垢世高标清气少，何来逸气在尘间？

二〇一九年一月九日

注： 画家赵勇兄携小写意斗方两帧相赠。高谊云树，感慨系之。每见辄赐佳构，可令人诵鹡鸰之篇。尤兰之幅，甚喜。兰者，君子也，其高洁风骨，人，盖不可比拟。

其四

多少世间无语客，更无一士踏街行。
寒风漾海今何在，月上新天待夜钟。

二〇一八年十二月卅一日

其五

巨霾弥天，星月惨淡。遥望苍穹，无有极尽，或曰天涯虽远，天心莫可，慨叹。

天心月隐到中宵，不忆花间风信潮。
莫道生年无有憾，夕阳淡淡去迢迢。

二〇一八年十一月十五日

郁金香之咏

  友人黄钺从荷兰来京参会时所赠荷兰郁金香，初时只是一团圆球，先泡于水中，再移入盆培土。初生芽叶，含苞，绽放，直至灿然。细观，有两株，一株绽四五朵，另一株仍含苞待放。夜独秉灯读书，真可供凝眸也。古人说，对名花如对美人，若东坡诗云"只恐夜深花睡去，故烧高烛照红妆"，依他意，夜独自对花，胜于佳人乎？

艳绽娇红色绝尘，托扶碧叶动春温。
何须倾国倾城貌，只教名花胜美人。

二〇一九年一月五日

蕙 兰

滋兰九畹出深山，好伴琴操玉指间。
嘘气幽幽拂袂上，遥知劲节入柔颜。

二〇一八年十二月卅一日

注： 石家庄一位青鬈诗友发示蕙兰照以分享，是其南方友人于山中所得遥寄。君子清影，涤人心襟。

步范曾先生诗韵题何家英画

  读范曾先生己卯年题何家英图七绝："寻常巷陌女儿奇，月下幽风绝世姿。一瞥惊鸿天外去，人间只剩断肠词"，思绪为之飘扬，或如魏晋竹林七贤之王衍云："情之我钟，正在我辈"，世间亦无物可格，只在内心。书画在格高，诗亦如然。故步范曾先生诗韵赋得一绝。

  玉身鸿雪顿生奇，妩媚春毫摇曳姿。
  正是惊鸿生景色，何妨我辈赋新词。

           二〇一八年十二月三日

与邓友梅老相聚

开轩引望坛中树,长者车辙风也徐。
说部曾经传海内,安详米寿已相期。

二〇一八年十一月二日

注： 陈喜儒先生倡雅聚于金鼎轩,多年未见邓友梅老,喜赋一章呈示。邓老1931年生,精神极佳,幽默,抽烟,喝少许红方,又饮两桶白啤,真是康健。诗第一句点出地点,天坛之邻。第三句说邓老当年以《寻访画儿韩》《那五》《鼻烟壶》等名传域内,是真正京味小说,邓老非北京人,其著从《儿女英雄传》以来无出其右者。今人之乱议京味,其实张恨水是言情,刘绍棠是乡土,非一类。今人之写者,多为旧京下等语言,与邓老有云泥之别。

晨望雨

衣上燕台旧酒痕,凄零雨色染胸襟。
世人只合春光好,落叶生悲有几人？

二〇一八年十一月四日

注： 雨色凄凄,想起东坡一句诗——"人间有味是清欢",一般人不可得,大约也做不到！

东莞可园（二首）

微风小榭湖波碧，不见荔红见桂花。
又沐岭南烟色里，一身香气到京华。

其二

中宵樽酒谈天下，涌河月色泛波银。
赏心亭榭连湖色，雪花十万换香馨。

二〇一八年十月廿日

注： 东莞可园，粤之四大名园之一。余只游过番禺春晖园。园主张敬修，咸丰年江西按察使署理布政使，清制，一省巡抚之下有按察（司法）、布政（财政）、提学（教育）三使，尊称臬台、藩台、学台，张敬修二台兼之，可见权柄见重。但年俸银不过130至150两，加上养廉银8000至9000两，可园占地三亩多，楼台亭榭加上湖泊，费用不菲。若扬州盐商，不算什么。可致仕官员就值得打个问号。清代官员一般买不起房，更别说建园墅了。

建窑建盏

　　至东琉璃厂参加福建建窑建盏艺术交流座谈会。建窑，始于宋代，仅福建南平两个村庄之土质适于烧制。摩挲上手，金银色彩，殊感神异。

　　金风拂上玉阑干，异盏摩挲半日闲。
　　若似佳人捧五彩，金斑直映月光前。

二〇一八年九月廿七日

注： 记得苏东坡诗云：佳茗似佳人（大意）。佳人若捧佳盏，可目眩乎？

房山南窖风情

　　南窖的蔬菜本地独有,如扁豆,据说颇多品种,其中一种,与肉炖极香。如晒成干,断开仍水嫩且不坏。若移植出山,只长叶不结豆。卖自做卤水豆腐者名王力,熟悉故乡各种果蔬,每次我来皆宿其农家院,常娓娓道来。南窖果木品种之丰富,北京罕见。我真想仿古人写部《南窖草木状》。

　　吹过秋风柿半红,巡街先购叫呼朋。
　　一声扁豆兼烹肉,不禁流涎樽可空?

二〇一八年九月廿二日

灵水诗咏

参加"中美诗歌交流灵水诗会",会址恰在有名的门头沟灵水村。会前匆匆一览,此行不虚。饭前小诗以记。

衣冠岑寂浥书香,[1]不改千年柏抱桑。[2]
铁血鼙声图尚在,风中肃立仰悬墙。[3]

二〇一八年九月十九日

注:[1]灵水村明清共出进士二人,举人二十二人。
[2]村犹存南海火龙王庙,建于金代,内有近两千岁柏抱榆、柏抱桑树两棵。
[3]村中谭体仁宅院于抗战时南口战役卫立煌部85师指挥所,墙上悬卫部参谋处长符昭骞手绘作战地形图复制件,2014年由符之子整理面世。谭氏教育家,时由卫立煌任命为县长。

又访李滨声

与北京晚报《五色土》副刊张逸良拜访94岁李滨声（1925年生），滨老喜悦。每次去，先大喊一声"滨老"，抬脚进将去。忽然发现滨老正聚精会神在细刻一座女郎泥像，见我等前来，急忙收拾起放到窗台。诧异：滨老虽称才人，但从未发现他有这一手。滔滔不绝一个小时高谈，以梨园掌故为主，兼及杂项，九四老人，思维敏捷，记忆清晰，殊为难得。

聚目赤膊雕女郎，白头翁手未慌忙。
开谈不绝滔滔事，又向梨园话短长。

二〇一八年九月十三日

七绝二章

盛暑无计，读昨赠书，数回掩卷，心绪萦绕。无身临其境者，无此感慨！未临斯景，断无斯情，亦绝无付笔。昨、今，各写七绝，以抒怀，并以赠刘霆昭兄。

凄雨白花绝胜雪，碑前百万是哭声！
读来灯下目眦血，年少惘然各鬓星。

二〇一八年七月廿七日

其二

几回掩卷痛凝眸，不是曾经不泪流！
胸上白花襟上雨，清明从此记千秋。

二〇一八年七月廿八日

登平谷东指壶峰

　　至平谷,过杨家台水库,至镇罗营镇玻璃台村,东指壶峰地处三界（平谷、密云、兴隆）,海拔 1600 米。为平谷第一高峰,万壑入眸,云卷天高。山中植被甚茂,有树不识,叶肥泽深,当地人告称"玻璃树",其叶蒸之以饭,别具香味,但需分季而采择之。

入眸万壑上高峰,风卷云旋望几层。
万里关墙今尚在,颓垣侧畔草青青。

二〇一八年七月十四日

忆吉星文团长

芦沟昔日惊倭胆,碧血依稀白玉痕。
可惜英雄终陨命,金门烟霭覆游魂。

二〇一八年七月七日

注：吉氏时任二十九军某部团长,倭犯时于庐山军官团受训,星夜疾回,打响全面抗战第一枪(亦有考证其未归)。去台后任中将衔金门防卫副司令。某日,蒋经国陪美顾问视察,吉星文后入地下掩体时,被我军发炮击中毙命。曾读史料,或疑情报而致炮击,若早发炮,蒋经国必死,而吉星文则可免被击中也。

题王维强荷花摄影

周家隽语似清涟,不染亭亭剧爱怜。
正是浮嚣难远避,先将幽气染青衫!

二〇一八年七月一日

题阿成先生茶花照（二首）

见阿成先生微信朋友圈发茶花之照，我评之句云"茶似佳人胜添香"，阿成先生赞为"佳句"。兴起，索性凑成一绝以赠，以助阿成先生坐拥赏花怡情，茶本佳人，奈何不钟情也乎？

红袖何如花色好，几枝幽靥碧衣妆。
且将浊酒移开去，扶似佳人可添香。

二〇一八年六月卅日（雨后）

其二

昨题诗一绝赞阿成先生茶花照，意犹未绝。忆昔在滇之春城，见雨后茶花，不胜旖旎，剧怜无可，嗟叹曰：卿本佳人，奈何作花？故再题一绝，与阿成先生如美人之靥花色共赏。

一缕香魂入古心，才知摄魄在凡尘。
浊间多少朦胧子，不醒茶花是美人。

二〇一八年七月一日

房山二绝

南港沟

四面葱茏三面山,一条街古半驳斑。
鸡声茅店惊沉梦,枕上床前月影残。

二〇一八年六月廿四日

其二

南窖四面丘陵,山不在高,果种丰富。毛桃、海棠、樱桃、杏、梨、核桃,皆体小。野菜品类极丰富。又如黄花、香椿、花椒、山茶,味道浓郁。但移至平原,则味索然,很怪。大约与土质、水、气候有关。此地之杏,名"小黄嘴",甚甜。无农药和嫁接,故不失本色。初到农家,品之,放之久,腴软甘甜。新采摘尝之,则略酸。据说还有"大黄嘴",未见到。为何称"黄嘴"?说祖辈就这样叫下来的。我曾去惠州,吃过一种瓜类称"美人唇",南京过去有道名菜叫"美人肝",还有植物叫"美人蕉",等等。但都有些甜媚,不如"小黄嘴"生动有趣。归来细品,口占一绝。

鲜唇微启小黄嘴,调笑晶莹白马牙。
身在青山无限好,欣然知物问农家。

二〇一八年六月廿三日

望城登黑麋峰

  山，590余米。唐代称洞阳，道家三十六洞天之二十四洞，传吕洞宾骑黑麋鹿至此。见张逸良老弟示诗一首，谨奉和之。

霏霏细雨望湖波，新寺峰头云自拂。
飞落碧蝉人不觉，只听葱绿唱山歌。

二〇一八年五月廿九日

睹书怀旧

　　整理杂书，检出洪波 23 年前（1995 年）赠我他出的第一部散文集，书中还夹着他写给我之信札。时光荏苒，宁不感喟？洪波兄是极认真之人，凡赠他书，必细读。记得我赠他拙书《无双毕竟是家山》，他读后与我通了很长时间的电话，细细指出若干处错字。可见对朋友的尊重和认真。洪波兄见示墨迹，为咏龙泉剑厂近作，谨奉和之。

　　如玉如虹叹不群，美人剑器各传神。
　　诗家也吼凌霄气，谪到尘间动魄魂。

二〇一八年五月廿二日

注： 龚自珍诗有"美人如玉剑如虹"句，甚令人为之痴绝。

仙居履痕（四首）

仙居之忆

神仙眷侣恍如烟，衣袂还萦缥缈间。
忆得眸前皆是霭，熏风吹过翠崖巅。

二〇一八年五月八日

天姥归去来

　　李白诗题即"梦游"，无确切史料证明太白履及天姥，考证应须严谨。其实即便未至，诗因人传，山因诗显，神仙居之旖旎，已足致绝唱而不衰。如范文正公之《岳阳楼记》，人亦未至，而使千古岳阳楼之不朽。何况太白诗借天姥梦游，以山水而抒块垒。"世间行乐亦如此，古来万事如流水""安能摧眉折腰事权贵，使我不得开心颜"，这，才是诗之主旨，乌可拘泥于履迹也乎？游山见吴昌硕大书于崖壁"太白梦游处"，哑然而笑：既梦游，后人焉知其处乎？归去来可诵太白之句"别君去兮何时还，且放白鹿青崖间"，故归来赋诗一绝。

八面兀崖奔若立，瀛洲有客入霓云。
谪仙游梦传千载，履迹何须细细论？

二〇一八年四月廿九日

注： 末句韵"论"读平声。

仙居抒怀

忆昔李太白遗《梦游天姥吟留别》，每读之辄萦系吟诵，叹为观止。继而神往而铭心，久仰仙居之驰誉，今作两日游，遂平生之愿。晨起望山，心向往之，乃赋一绝。

晨望青山云送霭，昨宵梦里动溪声。
人生作得徐霞客，墨渖烟岚总关情。

登观音峰

神仙居景区以观音峰最高，天姥山海拔二百余米，断崖如削，极具色韵。朱雀花此山中生存。游山，景象夺心，翠碧拂眸，栈道惊魂，削崖动魄，令人履如山阴，目不暇接。所名神仙居者，叹未虚誉，故途中感叹，又成一绝抒慨。

半是削峰半断崖，云烟明灭恍仙槎。
谁人尽识山中景？翠树悬缠朱雀花。

二〇一八年四月廿八日

敬题世广兄罗睺寺写经处

崔世广兄,山西省书法家协会副主席。于五台山罗睺寺辟"崔世广写经处",额为沈鹏先生所题。天雨梵声,写经有处,华枝功德,堪称春满。世广兄索句,故敬题一绝虔表贺忱。

婆婆贝叶步莲生,墨渖缤纷天雨情。
拂去尘埃心性在,落花声里辨梵声。

二〇一八年四月廿日

读吴志实兄法书

昨夜霁雪,今日微醺,拜观翰墨,或见"温润如玉"(《尚书》语),顿教"肝胆如冰雪"。诗贵"温柔敦厚",书法亦然。

霁雪微醺见翰书,飘然胜过玉人扶。
此中温润谁知晓,墨里冰心见也无?

二〇一八年四月五日

李庄忆傅斯年

再到李庄,很想瞻仰傅斯年旧居,未觅到,甚为遗憾。只得叹赋小诗。

耻在人前说祖荫,涵成松柏水云襟。
男儿莫道功名事,端个冲冠敢逆鳞!

二〇一八年三月廿七日

注: 我颇景仰这位山东老乡:一、坦荡率直,疾恶如仇,完全不假以辞色,权贵亦不折腰,诸如猛攻孔祥熙之类。二、信仰始终,敬业甚笃,直至放弃著书立说。三、两袖清风,安贫乐道,读一读他逝前的生活状况,是很令人感泣的。四、尤其痛恨文人汉奸,誓不共戴天。他的老祖宗傅以渐,是降清贰臣,深以为耻从不提及。他之恨文人汉奸是极有道理的,对后人潜移默化的影响,足致警惕。五、敢逆鳞而不改节,取俸禄而不拆台,更不会人前谄媚,人后诽谤。

云南水富横江古渡口

  翼王石达开曾率部于此血战。骆秉章奏稿曾云："横江两岸，聚集悍党数万，夹河为垒，环筑木城土卡，中搭浮桥以通往来。"

  岸上刺桐点点红，粼粼碧水树青青。
  渡头今又春风度，谁忆当年血染旌？

二〇一八年三月廿四日

东风雪

  京华一百四十余天无雪，却见东风微拂中纷纷扬扬，诧异莫名，惘然杂陈。足见世事无常，天有不测。故以咏之，以记殊异。

  东风湿润玉栏杆，何事飞花教惘然。
  或似人情多淡薄，莫如止水玉生烟。

二〇一八年三月十七日（雪时）

观电视剧有感

观《美好生活》，不无粉饰，软刃而已。然浮想尘间，亦有百态。

有客天涯结夙因，无心春色总合分。
世人皆道东风好，怕是东风不解人。

二〇一八年三月九日

上元遣句二章

高堂镜里望萧然，岑寂银花对上元。
一曲月圆花好后，熏风又教换春衫。

其二

佳令何期又月轮，蟾宫可叹寂深沉。
香车火树浑不见，空教襟怀无处吟。

二〇一八年三月二日

寄　远

　　闲读陶渊明《归去来兮辞》,素所爱之,每读辄有感喟,无愧欧阳修之赞:"晋无文章,惟陶渊明《归去来兮辞》一篇而已!"试看:"归去来兮,田园将芜胡不归?"真是千古之句,后无来者!"舟遥遥以轻飏,风飘飘而吹衣",是真魏晋风度,俗人安可写出?其辞传之久远,其句多为今之成语。如"今是昨非""欣欣向荣""临清赋诗",皆出其辞,足焉不朽。

　　家山万里未荒芜,忆到心头柔似酥。
　　鬓发飘飘衣袂动,熏风怯意抚眉肤。

二〇一八年二廿日

除夕忆故

　　谁告春风入梦间,瀛洲万里似重关。
　　可怜薄意常生憾,不是情深不泪涟。

二〇一八年二月十五日

冬吟（三首）

云淡风轻时有尽，曾经青鬓已成灰。
因缘鸿爪雪泥事，都付秋风对扇吹！

二〇一八年一月廿六日

其二

华年消逝帝城西，樗下棠花艳欲滴。
纵是湖波寒意在，来年春树又萋萋！

二〇一八年一月十七日

其三

芳华已渺气沾衣，移入寒波化入肌。
往事回眸风散去，轮回月落与星稀。

二〇一七年十二月廿八日

题戏妆（二首）

人面寒风不映红，氍毹唱罢转飞蓬。
浓妆纵是千般好，莫信歌哭在戏中。

其二

花钿斑斓映目中，一弯纤指画轻鸿。
飘然衣袂谁能近，玉砌雕栏隔几重？

二〇一八年一月廿日

品鉴岭南（二首）

金台寺

残山剩水止崖山，精舍金台一缕传。
借得零丁洋上句，至今读史涌波澜。

二〇一七年十二月十三日

注： 崖山海战，陆秀夫负幼帝投海，南宋灭亡。数读书人至斗门山中建金台精舍，誓不事元。今犹存遗址，而金台寺乃二十余年前所建。文天祥有《过零丁洋》诗"惶恐滩头说惶恐，零丁洋里叹零丁。人生自古谁无死？留取丹心照汗青"，不妨佐之以读南宋史。

横琴岛

岭南绿色尽拂衣，脉脉碧波诗意栖。
星夜霓虹灯火里，濠江隔岸望相依。

二〇一七年十二月十日

注： 横琴隔江即是澳门。

风夜有感

每叹稻粱席自避，南天起焰泣无辜。
从来一士难谔谔，风夜闭门且读书。

二〇一七年十一月廿三日

题赠王良青花瓷治印

王良兄，苏州青花瓷治印名家，亦擅书画。以瓷治印，从选料、烧窑至篆刻，备堪精妙。至今我与王兄神交甚久，不曾一晤。识王兄乃旅美画家曾京兰所介绍，曾氏之父曾恕一老先生乃广西指画名家，为忘年交。父女二人画集我皆曾为序。王兄温润，赠印怡情，无以之报，谨写诗相赠。古人诗有宫体，而我以此写青花瓷印，料古人无此。

裳青袂白入眸痴，仿佛滑凝握玉肢。
佳色撩人焉在骨，才看宛转画胭脂。

二〇一七年十一月十日

立冬有作

只问朔风不问涯,青丝褪尽负年华。
尘间多少绝情债,付与无门关下花。

二〇一七年十一月七日

题杨世勇山水

  世勇,湘西人氏,居南阳。擅山水,示其近作,索题。山水,贵慷慨睥睨气,岸涯高踞,始见块垒襟胸。

苍茫云色裂群峰,摩日接天气势雄。
画笔一椽谁得似,胸中垒块化峥嵘。

二〇一七年九月卅日

题吴志实兄书法

　　见志实兄书墨，实窥其胸中丘壑，不如此则笔下无此貌。右军尝云"夫书者，玄妙之技也，若非通人志士，学无及之。大抵书须存思"，思者，无丘壑则不达。

　　衡水湖前波似涌，吹衣思绪上楼头。
　　丘壑填胸才隽逸，一笔挥来天地秋。

二〇一七年九月十三日

秋　思

　　不见秋风不赋诗，秋声听了惘当时。
　　秋意岑然无忆处，又让秋思教举卮。

二〇一七年九月三日

近七夕读纳兰词

　　纳兰之词，情浸也。论气象，实输龚、黄。读可，不必当真。"人生若只如初见"，见与不见，其实若彻悟，不过三生石上云烟耳。"明月多情应笑我"，月有情乎？人自痴耳。万不可信情字，利也！"我是人间惆怅客"，天性如此，人莫可赎。"人生须行乐，君知否？容易两鬓萧萧"，通透尘世，我读此三句最佳！"料应情尽，道是有情无？""人到情多情转薄，而今真个悔多情"，天下最不可信者唯此字，大彻悟信有此句。"谁念西风独自凉"，其实西风周而复始，真是"只道是寻常"！不识人，事，焉得肺腑叹？清代海内三陈之一陈衍，大诗人，为钱钟书诗集作过序，在《宋诗精华录》中评陆游《沈园》二首云："无此绝等伤心事，亦无此等伤心诗。就百年论，谁愿有此事？就千年论，不可无此诗。"陆游之伤，逾于纳兰，故诗、词之格亦高其上也。

　　人生何必如初见，莫作尘间惆怅人。
　　明月无情才斗酒，秋风岁岁自吹襟！

二〇一七年八月廿五日

纪清远兄赠竹

纪清远兄赠墨竹一帧，荷感之至！乃赠绝句，以表谢忱。

凤尾森森秋意深，嘘拂入纸墨淋淋。
谁听疾苦板桥路，岂止诗家是一人？

二〇一七年八月十七日

挽抗日烈士陈怀民伉俪

长空溅血宛如花，一抱霓裳化碧霞。
只恨情深莫可抵，无双多少殉黄沙？

二〇一七年八月十五日

注：1938年4月29日，在武汉上空，驾驶员陈怀民驾驶战机击落一架敌机，被五架敌机包围猛射，油箱中弹起火，操纵失灵，飞机冒着烟向下栽去，这时又胸部中弹。他本该跳伞求生，却拉平飞机倒扣向上翻转180度，奋力冲向一架敌机，两架飞机相撞爆炸，残骸坠落长江。陈怀民殉国后，恋人浙江大学女生王璐璐，身穿陈送给她的旗袍，纵身长江。

读萧娴书法

　　萧娴，师康有为。康见她十三岁书《散氏盘》铭文，诗赞"雄深苍浑此才难""卫管重来主坫坛"。年轻时善饮，胆豪，落拓不羁。起斋名"蜕阁"，意为退出闺阁。父萧铁珊，南社诗人。碑学遨游，喜作榜书。其书有丈夫气，提笔四顾，似"天马南来"（自撰联语）。"书中有我"，有汹涌笔端之慨。故诗以赞之，以壮蛾眉大胜须眉之如铁马秋风之气。

东去大江天马来，楼台雪夜怒风开。
豪情大笔飞云鬓，不枉蜕阁浮巨杯！

二〇一七年八月十四日

雨声（二首选一）

连绵也是好佳景，不负秋声不负风。
湿意一窗天色晦，开樽才读陶渊明。

二〇一七年八月十二日

题邓丽君（二首）

一眸秋水在眉弯，宛转歌喉唱可怜。
不使戎衣湿碧浪，海峡浅浅向君前。

其二

秋波临去忆星辰，半是春山半泪痕。
楚楚眉睫仪韵在，兜鍪不掩女儿身。

二〇一七年八月八日

注： 邓氏楚楚落落，风姿不俗，尤其歌讫无后者。世间歌者最忌俗媚，如是，则可憎。歌，不在高亢低婉，而在发乎胸臆之情愫。故，邓丽君者，"昨夜星辰昨夜风"，不可复制！

贺《高怀云岭——范曾八秩之庆艺文展》并赠

我识先生于20世纪80年代初，多过往而承诲益。我于1992年出版《鬼才范曾》一书，已是二十多年前旧事了。见先生鬓之霜，剧感白云过隙，犹如一瞬。往事历历，不计枚数。犹忆先生孔雀东南，不通音讯，忽得友人转来先生所寄书法一帧，大书"大成"二字，款题"小平诗人为念"，瞻之何生百感？

应期百岁抱冲庐，襟自高怀气自浮。
最忆枫丹白露后，沧桑万里寄诗书。

二〇一七年七月六日

望　雨

雨色如帘忆笔端，投诗悔顾几年间？
若知淅沥随风去，画扇空吟付惘然。

二〇一七年七月四日

风雨中宜过长江

　　报大雨自今夜始，风已至而天色如晦。或雨声中蜗居读书，固然可惬，然或有聊赖之气。古人云雪夜闭门，然世间岂有可读之禁书？忆二十初岁时，曾于风雨中渡长江，及镇江焦山金山扬州等，淅沥中独自游览，吊京口瓜洲三国遗迹，诵稼轩词，不无澄清之襟，何乃人生之快哉。夏承焘前辈尝云：黄河宜观落日，而过长江宜风雨。真大词人壮语。不可无诗，乃作以占雨之将至。

　　　　忆书忆剑忆屏箫，风雨长江宜枕涛。
　　　　最是江南秋色逸，少年醉唱万兜鍪。

　　　　　　　　　　　　二〇一七年六月廿一日

天也常悬月半轮

见天月半轮，心生感喟，吟一绝示。

半要花开半要醺，太难微雨对斯人。
古来失意多八九，天也常悬月半轮。

二〇一七年六月十一日

注： 第一句其实化《菜根谭》中的句子"花要半开，酒要半醺"，虽是人生一境，但恐非大智慧。

时近端午有感（四首）

美人芳草入江波，①一卷诗吟万古磨。
何必伤情儿女事，今宵风雨到汨罗？②

二〇一七年五月廿八日

注：①屈原以"美人芳草"喻贤者。
　　②预报今夜有雨。

其二

薄情何止是汨罗，轻付相知必相折。
抱柱三生谁见了？触蛮尘世古来多。

二〇一七年五月廿八日

其三

滋兰九畹香难久，芳草弯眉各已休。
大漠轻烟浮去踵，苍穹明月最消愁。

二〇一七年五月廿八日

其四

蒲艾沧波怨已深，天高何必望积云。
薄尘终教风吹散，正好读骚是一人。

二〇一七年五月廿八日

胡柚花开教启樽

友人家中胡柚花盛绽，且开樽畅饮，真乃雅事也。

胡柚花开教启樽，西溪卮酒夜归人。
杭茶最是明前好，西子春波各销魂。

二〇一七年四月廿五日

胡宗宪故居、宗祠

　　胡氏为明代抗倭名将，未得善终，被谗害冤死，年仅五十一岁。死后二十五年才昭雪。清大学士张廷玉修《明史》其传，确认其非严嵩一党。但明之黑暗，不得不委曲交通严氏父子，也令人扼腕。比之戚继光上交张居正，同为平倭名将，结局迥异焉！游旧居，春发碧色，一池粼粼，故以诗咏。

平倭本意取封侯，一柱东南何以酬？
只恨沉冤身后雪，胸中辜负好宏猷！

二〇一七年四月十四日
于绩溪龙川

梅家坞用饭

踏过石桥棚下坐，呼来土菜倚栏分。
莫听溪水缘何去，且助微醺添一樽。

二〇一七年四月十三日

初五吟兰

　　兰花尽绽，窗下读书，幽馨缕缕，时萦案头。兰亦称君子，当不与至贱竖小为伍。取其幽孤，高标自赏。然代谢必有，开绽怒放，必盛极而衰。或虽衰之，凋而殆尽；当格气不灭，魂魄犹存。故前寂寞而后绚烂，绽之冰凛，衰之馀香，是君子之谓也！书读之半，而凝眸向之，而遐思远之，而顾盼咏之。

　　淡似花黄碧似衿，幽开寂寞对孤吟。
　　崚嶒我亦如君骨，不是无情不赠人。

二〇一七年二月一日

除　夕

　　望了兰花便过年，读书惊省爆声天。
　　从来火树成灰后，谁记红楼诗意间？

二〇一七年一月廿七日（除夕方过）

注：《红楼梦》中咏爆竹诗，于除夕之欢中忽发悲音，可谓大彻之匠心之笔，亦为世间写照。火树成灰，物如此，他者亦然……

绿　兰

　　兰花有多种，友人所送曰绿兰，开花为绿。但我观呈淡黄，含绿晕。我不善莳草卉，有养死仙人掌之记录，故放置办公室中，以观后效。不意次第苞放，甚喜。兰，原是野生，多见深山绝壁。人育之，以观赏，喻君子，诗画颂之不绝。古人凡能书者，无不能兰草，盖因用笔锋同也。兰，嗅之有幽香，所谓芝兰之室，可闻其香。而香之浸伴，可读书欤？记得翁同龢有对联，有人间第一好事乃读书之语，故窗之下，有兰可养目，有香可涤神，不亦雅哉？

　　绝壁深山移到庐，绿葩黄浅两三株。
　　幽香娴静才孤雅，相伴西窗好读书。

二〇一七年一月廿四日

西溪游踪（四首）

萧山景致

羁人萍迹似结庐，欲向山居索画图。
花问湖光春已近，低声吟唱觅屠苏。

二〇一七年一月廿二日

富阳黄公望隐居处

黄公望隐居处名白鹤村，元代为江水所覆，又名白鹤墩。传赤松子曾驾鹤经此，故名。黄公望结庐于此，三年作《富春山居图》。今建成亚热带植物园，奇木甚多。归吟成俚句。

骑鹤谁临白鹤墩，森森篁叶蔽溪深。
居图莫道截成半，不断江山有魄魂。

二〇一七年一月廿一日

萧山观剑倾樽半醉有作

过得湘湖望越堤，西溪蒹葭记凄凄。
座中后尽十杯酒，龙泉古剑气相逼。

二〇一七年一月廿日

注：至萧山，于友人处观剑。再饮，醺半。

西溪所咏

一肩细雨染西溪，半落茶花草映低。
更有青梅桃白下，翩然惊瞥起鹭鸶。

二〇一七年一月廿日

注：数年前有西溪之游，见雪。昨至，细雨，今则灿烂。绚之入目，佳色也。

开平赤坎古镇所咏煲仔饭

入江边小店，端上，先闻其香，啖，味鲜，指大动，数碗，犹欲不止。问，鲜鳝丝，砂锅，柴烧之，米须广东新会之米，细白且韧。闻有久违之香，猜必用猪油，问老板娘，果然！过去菜肴，皆放猪油，才香之四溢。妙赞。

江头云影映波光，一岸荆花掩异香。
柴火砂锅油入后，鳝丝米细动涎肠。

二〇一七年一月七日

南楼七烈士陵园

七烈士陵园在潭江边，即被日寇残杀地。

潭江流水漾悲声，沿岸荆花血沃红。
但得南楼千万座，金瓯九鼎不能崩！

二〇一七年一月五日

叹止京华八五翁

　　雷正民老令友人送来赠山水册页双开、书法"闻鸡起舞"四尺斗方，极感隆意。所谓长者有赐，肃然拜领。明日乃农历鸡年，雷老恰属鸡，可贺之至。橡笔不老，闻鸡之唱，"云胡不喜"？故呈雷老一绝，以为鸡年之贺，东海南山，唱寿延松。

　　叹止京华八五翁，飞橡笔意若虬龙。
　　淋漓尽是烟岚气，挟出松涛骀宕风。

二〇一六年十二月十六日
于西窗下写

注： 若按旧俗，雷老虚岁八五之龄。雷老原为中国美协书记，擅山水，有画集多种，亦出版绘画评论著作。书法成家，豪放不羁，笔力遒劲，有慷慨凌厉之气。

题杜卫东新著

杜卫东兄新出散文集书名曰"剑气归尘"。

何曾剑气付归尘？大啸沧溟天与分。
百炼豪情嘘纸上，杜郎还有少年心！

二〇一六年十二月六日

得范圣琦先生书法

维强兄取来范圣琦先生抄我诗的书法。缘于2008年12月参加西城文联理事会，范老是理事，我也以西城作协副主席忝列理事，会毕席间，范老即兴吹奏《归家》，感慨不已，口占小诗："萍踪孤迹到天涯，似有豪情不可赊。家在絮风烟雨里，人生至死若归家。"诗后收入《絮风馆诗抄》集中。再用原韵以谢范老书诗之雅。

登临怯眺渺天涯，似啸风涛听不赊。
一曲宫商犹在耳，人生朝暮觅归家。

二〇一六年十二月五日

晋中之咏（三首）

谒绵山赞介子推

年年岁岁清明柳，俎豆千秋万世传。
无止春风生绿草，一声高唱焚绵山。

二〇一六年十一月十七日
由介休过榆社至左权，乃作

注：马连良曾演《焚绵山》《火烧绵山》本戏，千秋节义，深入人心。伶人亦知弘扬，况吾后人乎？

对弈亭

神木龙姿蟠似虬，亭前池水碧如稠。
纹枰早已随烟去，未视雄猜预料筹。

二〇一六年十一月十六日

注：平遥县衙内有临池之亭，云元末任都事之刘伯温，官场受挫，弃官，还祖籍地平遥，曾于此与人下棋。我早年去温州文成县刘伯温故里，似记从宋代即迁离祖籍？刘伯温大才，但未知朱元璋虽雄才大略，却猜忌功臣，终遭暗算，累及子孙。

榆次见月

恍似团团疑可摘,八千玉色上天台。
来生前世悲无见,莫记低头饮几杯?

二〇一六年十一月十四日

注: 今晚 21 时 52 分,夜空将迎来"超级月亮"。报道称这是 21 世纪以来,最接近地球的一次满月,看起来比平常大 14%、亮 30%,也是 68 年来最大、最圆的月亮。如果错过,再要观赏这么大的"超级月亮"须等到 2034 年 11 月。

椿树之思

屋后小天井的三棵椿树越来越粗壮,蔽掩东窗,遮住天日。"树大招风",确非虚语,有时夜半风动,枝叶婆娑。遇雨时节,淅淅沥沥,叶落飘覆一地。常使我想起汤显祖《牡丹亭》(惊梦·皂罗袍)里的一句唱词——"朝飞暮卷,雨丝风片",兴来写诗记之。

抱树勃然硕几围,唤到后园风叶催。
箪上透窗淋月影,朦胧玉色绾衣回。

二〇一六年十一月

注: 载于《老同志之友》2016 年第 11 期(上)。

晚　秋

雨声且住又风来，读到前人诗赋哀。
忍让襟怀怜落叶，艳阳秋里意徘徊。

二〇一六年十月廿二日

步什刹海后海

秋波也似春波好，云淡犹怜郁柳枝。
幸有湖桥诗意在，归来检点纳兰词。

二〇一六年十月廿二日

注： 什刹海后海有纳兰之父明珠府邸。

霍城竹枝词（六首）

到霍城

半见残阳半月轮，云光波影夜深沉。
葡萄醇酒秋声里，遗有薰香也动人！

二〇一六年十月十四日

注：霍城为边陲重镇，属伊犁。暮见金乌西下而玉兔东升。《草原之夜》所咏可克达拉即位于此。传说汉解忧公主下嫁乌孙，携薰衣草。今霍城有亚洲第一薰衣草园，达八千余亩。夏季花开时香气盈城，衣袂尽染。

伊犁将军府

拓土封疆延万里，开牙建府定西陲。
残垣满目凄凄雨，卌万湖山叹不归！

二〇一六年十月十四日

注：乾隆二十四年（1759）平准噶尔、大小和卓，收复天山南北。后设"总统伊犁等处将军"，管辖天山南北新疆军政事宜。咸丰十年（1860）后，与沙俄签不平等条约，被割占44万平方千米！水草肥美之地域、波光云影之四湖，只可引颈望矣！向西而望兮，唯有叹息！

维吾尔农家所见

壁毯炉红地上毡，盘膝杂果乱食盘。
烤馕抻面饭抓后，几曲清歌半醉间。

二〇一六年十月十四日

注：维吾尔族美食烤馕、抓饭、抻面名不虚传，令人齿有余香。艾克拜尔等清唱维吾尔族民歌助兴，令人神怡。

哈萨克人家听歌

烹羊棚下列刀盘，烤串穿来块块鲜。
媳女阿妈齐婉转，歌声唱到月儿圆。

二〇一六年十月十五日

注：哈萨克族能歌善舞。其家母女、儿媳皆展歌喉，听者皆如饮醍醐。

登果子沟金顶

雪后天风多怒号，湖如碧石状如雕。
驿马蹄声何处觅，汉家威仪渺嫖姚。

二〇一六年十月十五日

注：果子沟有"伊犁第一景"之誉。登顶海拔2300米，风甚疾烈，松涛大啸。俯望赛里木湖，状如蓝宝石。此处清朝曾设驿站二处。元大军过此，"始凿石理道"。丘处机、林则徐等均途经。林则徐过时遇风雪，弃车步行，盛赞"二十余里中步步引人入胜"。"嫖姚"指霍去病。十八岁时被汉武帝册封"嫖姚校尉"。

赛里木湖

皑皑山雪映蓝茵，天影波连紫塞云。
西域经营辜负了，忍看湖水向西分。

二〇一六年十月十五日

注： 湖位海拔 2006 米。比此湖面积更大的另四个湖及伊犁河大部，皆于咸丰年间被沙俄割占。好湖水，不复归？

赠张陵

天未晴，雨停矣。张陵兄以诗见示，有句"雾中见苏堤""倚窗听雨声"，想见隽永之态。故以诗赠之，以助西子听雨之雅。张兄以评论家名，诗，其余事也。

天晴未放雨先停，歇了秋风瑟瑟声。
道是谁人堤上咏，西湖淅沥倚窗听。

二〇一六年十月七日

雨　歇

又是丝丝细雨时，风中古意似别离。
世间难觅无忧事，只问秋声可有诗？

二〇一六年十月六日

望　雨

声声淅沥好秋思，风也潇潇句也痴。
正教凭栏观雨色，谁约我去醉飞卮？

二〇一六年十月四日

抒 怀

此情何必寻追忆？风影婆婆已寂然。
好诵定庵奇丽句，一箫一剑一诗笺。

二〇一六年十月一日

注： 纳兰词，读读而已，不必入心。追忆，惘然，皆虚幻事。纳兰公子为之刻骨，他人不可铭心。日日幡动，心则大累矣。情如烟火，散亦可，痴则入魔。譬如商贾，必以利熏，罔顾其他。世上利往，情亦然。万不可信纳兰词而掬顽石之泪，无门关下，可一笑。读清人诗词，纳兰不过颔首而已，读则取乎上，可读龚自珍诗，乃真"性情"，故康有为誉之"清朝第一"。谭嗣同称"大奇"。所谓"诗与人合一，人外无诗，诗外无人"，我谓，不读龚诗，则不知清朝之诗也。

夜中观剑（二首）

夜中倚灯读书，稍倦，听秋声，仰微星，抽剑摩挲，乃占小诗。

何曾小院筑轩亭，夜半流天仰散星。
风瑟挑灯抽鞘认，如闻血啸不堪听。

二〇一六年九月廿三日

其二

夜雨敲窗把剑听，天风携得滚雷鸣。
幢幪战事消歇久，梦里犹闻动啸声。

二〇一六年九月廿四日

注：风起，雷声隐隐，疾雨扫窗，似闻剑啸。古战将所佩剑，久历斩杀，每逢战前，必鸣啸，或于鞘中弹跳，故古人诗有"夜夜龙泉壁上鸣"之句。剑乃先考所遗，疑为北洋海军管带指挥剑。一面龙纹，刻"李"小字。另一面镌四篆字，第一字为"敕"，第二字不识，第三、四字为"龙泉"。永君兄考第二字中间为"臣"字。先父曾云闻刘公岛北洋纪念馆有剑与此类仿，惜未比对。我查北洋海军管带序列，确有李姓管带。

中秋（五首选一）

一缕诗思一缕意，一轮明月一轮秋。
一天玉色一天淡，一半冰心一半柔。

二〇一六年九月十五日

中秋再咏

冰轮尚未到中天，已是悠然神往间。
欲教吴刚送桂酒，今宵约定共怜看。

二〇一六年九月十五日

注： 看，读刊音，依诗韵。

英雄浩气壮千秋——重走长征路诗记（十首）

始　发

落花时到锦官城，风也轻轻雨也轻。

八十年真弹指过，昂扬明日走长征。

注：至成都，参加"2016 中国作家重走长征路（红四方面军）采风团"，再至巴中，沿红四方面军路线，一路迤逦，最后至兰州会宁红军会师处。红军长征自通江出师迄今已八十年头。

巴中诗祭

血染镌碑耸入云，军声十万恍如闻。

巴中子弟今何在？雨洗青山又暮春！

注：四川巴中于东汉置县，北魏置巴州。为川陕根据地首府。此地先后有十二万人参加红军，牺牲者达四万多人！有全家十人参军，生存仅三人！最年幼者为九岁小红军！血沃巴中，壮烈何及。春雨细细，拜谒红军纪念碑烈士姓名墙，触目惊心而久久凝视。青山不改，魂殇已矣！风声瑟瑟，英灵不昧。那墙，永远未有尽头……

张琴秋

沉沉雨色最凄然,碧血真疑染杜鹃。
离散悲欢经弹阵,不死祁连死昧冤!

注: 参观红军烈士陵园,塑有徐向前、陈昌浩、王树声、张琴秋等人的塑像。张琴秋为川陕红军根据地创始人之一,历尽磨难而不死。中华人民共和国成立后任纺织部副部长,"文革"中不堪其辱,跳楼以殉。

将军轶事

少小拥旌鬓已摧,将军百战罢家回。
缘闻父老约相候,欲问儿郎胡不归?

注: 参观通江红军纪念馆,听到傅崇碧将军轶事。将军为通江人,时任县委书记。扩红时,招家乡子弟两千人入红军。后多牺牲,且有失踪者。胜利后欲还乡,父老闻之,欲问子弟音讯。将军闻之,良久不语,乃罢。逝世前捐积蓄于家乡建红军小学一座,终其一生未回故里。通江亦一度为川陕根据地首府,当年二十三万人口,有五万人参加红军,中华人民共和国成立时仅存四千余人。

从通江到苍溪

巴山夜雨寂空山,恶战云隙八十年。
怒浪翻腾旗指处,英雄十万踏狂澜。

注: 参观通江县空山战役遗址,碧色葱葱,雨洗青山,想象不到这里曾发生过激战。宿空山,海拔1200米,寒意袭人。晨六时起,驱车六小时,到苍溪县,凭吊四方面军强渡嘉陵江遗址,从此开始卓绝的长征。有三万苍溪青年投入红军铁流参加了长征……

野菊花

天上星星弥草野，万千骸骨沃新葩。
铁流仿佛眸前过，才教诗人惜此花。

注： 阿坝若尔盖草原遍布黄色小花，人称野菊花。星星点点，惹人凝眸。红军过草原七天七夜，饥寒交迫，衣不蔽体，食绝入腹，冻、饿、病、沉沼泽死者逾万，惨烈不能言状。如雪山大泽，花亦为见证。年年花开，宁信烈士精血沃之也乎？

妇女独立师

暮春时节暮云稠，雨色凄如凝泪眸。
千里黄沙飞碧血，女儿浩气壮千秋！

注： 1933年，红四方面军政治部主任张琴秋，组织成立妇女独立营。次年扩为团，并成立第二团。总约两千余人。直属方面军总指挥部，大部连、排长及战士均15至20岁。1935年编为独立师随方面军长征。基本牺牲于河西走廊、祁连山，极其惨烈悲壮。

筹边楼红军遗址

羌笛悠悠早逝声，大军号炮卷旗鸣。
筹边楼上低回首，方与岷江奔泻行。

注： 理县薛城有筹边楼，以唐女校书薛涛筹边诗而名。红四方面军以楼为临时指挥部。羌族儿女三百多人参加红军。红军长征所到之处，屡有藏族、羌族、彝族等同胞参加红军投身于长征洪流。

赠 别

八千里路山叠水，风雨擎旗云下行。
短句夜吟相赠别，归来最忆走长征。

注： 十天行程，历经川、甘五市十数县，平均每天行车约 300 公里、每天步行约一万步，每日平均海拔逾千米，最高海拔 3600 至 3800 米。重走长征路，相比当年红军的艰难困苦，已然天壤之别矣。

所 思

一路迤逦怀战神，巴山夜雨记纷纷。
忆罢英雄忆喋血，莫教江山负魄魂。

注： 结束"2016 中国作家重走长征路（红四方面军）采风团"活动。十天行程，获益良多，感慨匪浅，不虚此行！瞻仰踵踪这段悲壮惨烈的血战史，永远铭记英勇牺牲的十万红四方面军烈士！我将珍存重走长征路的点点滴滴，特别是羌族、藏族同胞敬献的羌红、哈达，羌族同胞们说：把羌红挂在家里，可以吉祥如意！长征路，意志的胜利……
《英雄浩气壮千秋——重走长征路诗记》载于《人民政协报》2016 年 9 月 12 日。

读友人咏茶诗步韵奉和（二首）

雪青芽同韵一题

豆蔻梢头惯采芽，寻来不见面如花。
农家不晓添香雅，墨面尘间吃苦茶。

其二

曾经青鬓映青芽，纤手摘来茉莉花。
我是眉弯吹散客，秋风听雨叹烹茶。

二〇一六年八月廿一日

注： 绿茶中有名"雪青茶"者，又名"雪青芽"，因其一芽一叶，产于山东日照。摘于四月下旬至五月上旬。其味苦中微清甜，其色碧而清淡，迄今无替代者。过去采茶需用未出阁女儿。曾去外地茶山观摘采，但见尽为老妇，询之，答：茶渐天价，况采茶辛苦，年轻人不喜此业，而用老妇价廉也。

房山中山村和根子菜

　　中山村，上山陡峭路窄，需换乘小型越野车。漫山皆是黄栌树，秋日红染层林，因称为"红叶村"。房山果菜品种甚多，味道颇佳，惜产量甚少。如"根子菜"，长绿叶，剥之再长，叶可做馅，茎可凉拌，味清香至极。若假以时日，可写一部《房山草木状》。归来有诗。

　　黄栌绿到心旌动，要待秋风尽染红。
　　薄酒归来根子菜，房山草木味无穷。

二〇一九年六月廿二日

贺女排夺冠

　　空巷惊心观飒爽，凌空腾跃教回肠。
　　拼搏折桂才盈泪，万岁一声赞女娘！

二〇一六年八月廿一日

望雨（二首选一）

听雨应须伴剑箫，风吹杀气啸声高。
几回疑是兵戈动，未饮樽前灯影摇。

二〇一六年八月十八日

纪念八一五（三首）

凄凄细雨洗松青，剑气依然动魄旌。
冢骨三千五百万，换来一座受降城！

注：曾去芷江，瞻仰芷江抗日受降纪念坊。

其二

春帆楼上签约日，四万万人下泪时。
驼宕百年犹记恨，几番夜梦灭倭儿！

注：《马关条约》乃中国奇耻大辱，由此日本进而全面侵华，欲亡我国灭我种。

其三

梦到伏波万里行，扬威雪耻太关情。
铁锚锈蚀如滴血，只恨神州负辱名。

二〇一六年八月十五日

注： 日本投降后，中国负责索赔的驻日代表团军事组首席参谋钟汉波少校，费尽周折，驶回日舰共 34 艘，包括北洋海军镇远号铁锚。

咏七夕（二首）

彭俐诗人语曰"除却七夕不是夕"，语隐机锋。即赋一绝，不计平仄，首句即为彭俐句，凑成四句。

除却七夕不是夕，朝夕也是见迷离。
人间天上皆陌路，月色凄然映袂衣。

其二

月光渺渺风纤细，只向玉楼远眺时。
鹊路天桥仍岁岁，人间长使惹诗思。

二〇一六年八月九日

听　雨

一时微雨一时晴，梦似昨宵断续中。
正好伏天听景境，轻轻小院落花声。

二〇一六年七月卅日

依韵和杜卫东（二首选一）

白裳缱绻系垂杨，心事萦回犹自伤。
焉得一声何满子，沉吟涕泪也凄惶。

二〇一六年七月廿二日

听大雨（四首）

夜雨穿窗也忍听，对灯诗绪却朦胧。
江湖心事催谁老？只是无人剑似虹。

其二

狂泼不住使人愁，取酒唤谁可去忧。
也是京华好景色，漫天暴雨抚吴钩。

其三

卧听怪啸似钱潮，万注天河泻怒涛。
应教分流才解旱，雨师知否涝淹苗？

注：雨过大成灾，于田禾苗稼无益。

其四

雨声何似奏笳声，马踏弦惊镝怒鸣。
半卷旌旗收岛后，移师敌忾向南溟！

二〇一六年七月廿日
于雨未歇际

赞中国空军常态化南海战巡（二首）

织它地网共天罗，龙潜鹰翔慑怒波。
飞弹轰然腾万里，貔貅百万尽敲戈！

其二

大鹏直上九天中，展翼扶摇势若虹。
万仞蓝穹万里浪，战巡日日护南溟。

二〇一六年七月十九日

读杜卫东兄《目光》

山野如龙气似虹，上书振聩万夫雄。
真知开眼识肝胆，橡笔心潮澎湃中。

二〇一六年七月十六日

注：杜兄文载《北京文学》2016年第7期，写清末奇人黎庶昌，无科举资历，凭上书朝廷力陈积弊而震动朝野，进入官场。曾任驻日公使等。开眼看世界而有真知灼见。他自许"为一代积除弊，为万世开太平，为国家固根本，为生人振气节，上以回天变，下以尽人事"，一个从贵州山野走出的人，"白马如龙出贵州"，心雄瑰玮，有所建树、立言、著述，堪称奇人！

咏南海军演

万里长江东入海,艟艨云集动苍溟。
翻风裂浪突飞弹,莫教兵操空焰虹。

二〇一六年七月十日

注: 南海亮剑,应呼振奋。当年李鸿章等设计过建立北洋、南洋、广东三大舰队捍卫海疆的蓝图,北洋海军青年将校们憧憬过中华舰队威震寰宇的梦想,民国海军有过抗战中舰船全军覆灭的悲愤!新中国海军伊始虽弱,但有三次海战皆胜的战绩。

原来枕剑醉箫声

何军委兄擅画人物，纵笔古今，气韵生动，纤毫毕现，各臻精妙。令人神往，入境已矣。刘熙载《艺概》云："灵和殿前之柳令人生爱，孔明庙前之柏令人起敬。以此论书，取姿致何如尚气格耶？"书论如此，画亦当然。所以同源，气格为上。画钟馗者，不胜枚数。提剑捉鬼者多，即便画嫁妹者，不脱煞气。军委兄赠我《钟进士月下饮酒图》，出窠臼，月光如水，松竹摇曳，波光水影，枕剑听箫。但见笑靥，不闻醉态。有安详宁静入梦高卧之钟馗，令观者意会遐思，妙境也。"取姿致何如尚气格"，神韵飞泻，格自高也！

红袍虬髯倚岩松，月影波光映面容。
入梦凶神祛鬼否？原来枕剑醉箫声！

二〇一六年六月廿七日

一支橡笔也凌霄

　　画家杜月涛外出写生已四个多月，历经滇、鲁、陕等省，有感焉，赠诗遥寄。

　　当年长发任飘飘，万里挟风啸佩刀。
　　今又迢迢山与水，一支橡笔也凌霄！

二〇一六年六月廿六日

注： 月涛二十多岁时，曾骑车佩刀行万里，以画明其志，我写了一部《画侠杜月涛》，1993年由新华出版社出版。当年题诗、题字的汪曾祺、启功先生等一众长者多早不在了。

晋江风物杂咏（七首）

五店市

衣冠南渡传千载，满目琳琅早做家。
斗拱红墙夕照里，一街花气一街霞。

二〇一六年六月廿五日

注：五店市为晋江传统老街区，传唐时蔡氏兄弟开店五间，衍为市廛。现存147处明清以来宗祠、寺庙、商铺、民居等，既有闽南风格之红砖厝，亦存中西合璧之番仔楼。迤逦而游，见古井雕墙，飞檐耸峙其间；厝屋邻比，花木掩映其外；可谓山阴道上，目不暇接。

五里桥

磨蚀残碑几度观，郑侯遗迹不能看。
当年跨海云帆竞，变幻桑田湖一湾。

二〇一六年六月廿六日

注：五里桥位于安海镇，为古海港处，建于南宋绍兴年间，明清屡有重修，有碑存。为中古时代世界最长梁式石桥。郭沫若《咏五里桥》诗："五里桥成陆上桥，郑藩旧邸踪全消。"郑侯，郑成功也。沧海一瞬，唯见湖光波影，鹭鸭游弋；昔日风悬帆樯，喧哗蕃市之景不复见矣。"看"依韵读平声。

围头村

海天吹雾眺孤悬,弹洞疮痍遗壁间。
依旧渔村风景异,郎舟载得小姑还。

二〇一六年六月廿六日

注：围头村为1958年"八二三"炮战主战场,不足三平方公里,落弹数万发。今存毓秀楼,犹见弹洞累累。村已辟为3A景区。至金沙湾,可眺金门。20世纪70年代末,村率先与金门来往贸易,围头女屡有嫁金门者,婿偕妻孥回村探亲,凌波而渡,是为佳话。

施琅故宅

两家恩怨费疑猜,樯橹楼船早斋埃。
不问英雄夷与夏,封侯俎豆记收台。

二〇一六年六月廿六日

注：龙湖衙口村有靖海侯府,乃施琅故宅。康熙年建之。施琅收复台湾,封靖海侯。今内设纪念馆。东侧有施氏大宗祠,明崇祯十三年(1640)建,施琅重修于清康熙二十六年(1687)。康熙褒谕施琅收台之功与班超、马援、范仲淹、曹彬"勋德齐"。施侯与郑侯收台,皆大有功于中华。比肩英雄,何分恩怨?遥想当年,艟艨如阵,壮士如云,大将军风采,亦何其壮哉!入谒宅祠,临海风而吹衣,望戈剑而壮魄;瞻仰遗物,曷胜感慨!

草 庵

意空遗墨映华枝，几度天心圆月时。
天雨焉知天外落，夕阳脉脉草萋萋。

二〇一六年六月廿六日

注： 草庵始建于南宋绍兴年间。位于华表山东麓。1933 年 11 月，弘一法师至此。次年 2 月离去。留墨迹。题僧舍"意空楼"，又题楹联"石壁光明，相传为文佛现影；史乘记载，于此有名贤读书"，"草积不除，便觉眼前生意满；庵门常掩，勿忘世上苦人多"。1935 年末弘一又至此养疴。1937 年末又至此，撰《重兴草庵碑》，云"夙缘在此，盖非偶然"。庵与山皆雅，两相盎然；桧与石盘根，千年如虬。而上师墨迹，尤为草庵瞩目之处矣。

古檗山庄

满树含苞花不发，虬枝还未吐流霞。
花开花萎寻常事，壁上流连认墨葩。

二〇一六年六月廿六日

注： 山庄建于民国初年，面积 1.7 万平方米，有楼、庐、居、庵、墓等，并广植林木花卉。主人为侨商黄秀琅，一生行善，1925 年逝世。曾请名流近二百人题咏并刻石于内，今存二百方，已汇集出书。其中有张謇、章太炎、康有为、黄炎培、唐绍仪、吴昌硕、陈宝琛、林琴南、梅兰芳等。游时见高大木棉树皆含苞未放，询之，答：今岁天寒，故迟绽也。花树有情，遑论迟早；庐墓仍在，声誉何湮？

卤　面

此间风物供留连，蟹蚌虾鱼馔最鲜。
百味杂陈香入骨，啖来数碗尚垂涎。

二〇一六年六月廿七日

注： 此地风味有卤面，杂以各种海鲜、肉蛋、蘑菌、菜蔬等，繁简各宜，增减由人，百味杂汇，别有韵味，鲜之甚矣。连食四碗，犹不能足腹欲。所谓晋江风物，引人入胜者岂乃山川景色乎？

谁家小女写馨香

友人长宁周兴福君在朋友圈贴出小女儿给他的留言："你睡这么香，不忍心把你喊醒。8—8喽。我走啦！别将这纸丢了哈。周粒粒留。"稚嫩笔迹、温暖亲情，令我也感动。爸爸想了半天，才明白8—8是网语"拜拜"。我去长宁、周君全家来京，我都见过小女儿，现在一定长大了。写小诗相赠。

谁家小女写馨香？字里情温稚气藏。
世上珠玑焉有此，亭亭嫩竹望苗长。

二〇一六年六月廿四日

注： 长，读平声。周君昨见拙诗，说等女儿出阁时，用毛笔写了送她。

悼念陈援先生（三首）

春风凄恻也含悲，闭目方知已别睽。
携手履痕山与水，联床夜话再寻谁？

其二

我恨春风莫再吹，一声一笑镂心帏。
河山依旧人何寐，夜半无人泪自垂！

其三

氍毹拍曲遍京华，樽酒说文忆不赊。
最痛依然春意在，泣折杨柳絮如花！

二〇一六年六月

注： 载于《海内与海外》2016 年 6 月号。

雨（四首选一）

夜雨敲窗不再痴，故人东辞莫忍迟。
十万风声新入耳，且将豪气付新诗。

二〇一六年六月十四日

春日杂咏（百首选七十七）

一百又五

仿佛英姿入眼帘，已难磨灭旧时颜。
硝烟铁骨风云散，最是音歌荡魄传！

二〇一六年五月廿四日

注： 昨中央台播报，《瓦尔特保卫萨拉热窝》中瓦尔特的饰演者巴塔·日沃伊诺维奇，已于22日逝，享年83岁。这是一个当年在中国家喻户晓的人物。还有他主演的《桥》，电影的音乐和插曲已成经典。我还看过他主演的其他两部电影和电视剧，逊色多了。他主演过200多部影剧，看来不可能部部是精品。他几年前来中国，所到之处大受欢迎。他自己也未想到，有点受宠若惊！我记得他在南斯拉夫解体后，竞选了塞尔维亚的议员。

一百又三

微风细雨见虹霓,明月轻逐云自低。
衣袂飘飘春已暮,百合香气绕墙西。

注: 今暮微雨,天架虹霓,夜望轮月,堆云欲遮,而寒意竟有袭人之感,暮春至矣!友人嘱作,拼成一绝。

一百又二

生灭元知色即空,花开花落总凋零。
看春莫叹花开尽,逝去缤纷亦是情。

二〇一五年五月辰日

注: 首句用清末溥仪师傅陈宝琛《前落花诗》中句,诗为七律四首,此句引其三。古人多咏落花,龚自珍有落花歌,弘一法师有落花诗,皆可品读。吴宓亦作《落花诗》,有人考"似咏辛亥鼎革及以后事",我觉吴氏非遗老,以他与王国维之交谊,应似咏王国维沉湖事。人生即如花开,必有花落之际。人生各踪轨迹,观落花,必各有心事,不过各抒心臆。真做到花非花的境界,不易!

一百又一

飞钩铁笔见琴心,莫道春深更不群。
得意须惊八斗腑,小诗夜半始酬君。

二〇一六年五月廿一日

注： 顾炎武曰"老树春深更著花",《世说新语》说天下才共十斗,曹子建占其八。友人吴志实兄昨晨示印三方,"无为""吟痴""心迹双清",沉吟良久,至夜乃赠小诗。世之才人,未必得意,利禄浮云,乃过眼耳。有才可自矜,可傲骨,可抒心臆,可浇块垒,可示知音,可入大境。进知古今之变,退避尘嚣熙攘,但万不可逞才使气,进阶敲门,君不见"古来才大难一用"之叹欤?

九十九

二十四番花信里,不知侬是序排迟?
葩开怜惜终须落,春暮深深归去时!

二〇一六年五月廿日

注： 不擅养花,也不喜花,有过养死仙人掌的记录。受先父之癖,爱不开花的绿植。鼓楼小院略旷,友人尹君送花,皆无苞蕾,亦不呵护。忽见皆烂熳绽开,尤墙角不知名小黄花,非人植之。慨叹生命之韧。

九十七

谁护春泥花絮里,落红岁岁柳青青。
回眸却见皆缥缈,梦里朦胧见月明。

二〇一六年五月十七日

九十六

小街流水映衣袍，吴曲如闻韵自娇。
两地诗思犹对诉，姑苏愁绪问枫桥。

二〇一六年五月十六日

注：友人自苏州寄明信片，上有老街景致。不计工拙，信手题写于上，有所思耳。今物是昨非，不复诗思矣。诗，性情也，强扭不得。

九十五

玉龙飞下山头雪，谷底幽蓝潋滟波。
九寨风光真若是，天工有意两分呵？

二〇一六年五月十六日

注：友人索句为题丽江山水照，诗思枯竭，勉强付之。

九十二

呼酌听雨欲衔杯，月影临窗疑是谁？
人生失意嗟何事，恨是春风唤不回。

二〇一六年五月十五日

注：昨晚雨住，略有聊赖，往街坊发小处欲雄睨大谈。常樽酒论世也，记得约二十年前，暮，造访初酌，二人兴起，巨饮，将其所有能觅出之各类白酒一扫而光，兴未尽，欲再饮，无。时已晨五时矣。后统计，两人各饮白酒二斤上下，因酒不同种类，有一瓶、半瓶、三分之瓶，六七种。

九十一

百媚千娇花映晖，却似秋风秋雨吹。
半落半开春已暮，欲把诗囊入黛眉。

二〇一六年五月十五日

注： 听雨声淅沥，想起鉴湖女侠绝命辞"秋风秋雨愁煞人"，如入境也。"身不得，男儿列；心却比，男儿烈"，中国文学史对她诗词的评价过低了！女人读其诗，固然有益，男子更应读其诗，读了就知道，须眉愧对蛾眉这句话的内涵了。

九十

春宵皓月让温柔，许是嫦娥不胜羞？
正有人间佳夜色，明眸对视几回头。

二〇一六年五月十三日

八十七

润雨潇潇酒未醺，漫将心事付披襟。
蟾光万里随风泻，推上西窗莫忆人。

二〇一六年五月十一日

八十六

京师霾色总遮晖，风入春深无力吹。
碧水青山皆垢面，问君何处去横眉？

二〇一六年五月十一日

八十五

一花世界一香辉，缚解无人馨自吹。
落瓣缤纷馥气溢，天心可许见慈眉？

二〇一六年五月十日

注：《五灯会元》："无人缚汝，何来解脱？"佛教中还有烦恼丝之说，心无挂碍，说得容易，但知行合一却并非易事。

八十四

朝暾夕照两相宜，黄绿参差风渐徐。
远眺螺山烟色里，钟磬音色渺迷离。

二〇一五年三月廿四日

注： 去红螺寺侧半山，参加一个总编辑培训班，约五天。独处一室，我不爱与人交往。每日暮色中，别人三五结伴散步，我则一人踽踽独行下山，往红螺寺而去。寺早已闭门，寂静无人，盘桓良久，则每有孤寂之感。若有见者，一定会感觉我之双眸是迷离的。其实寺庙里，开门进去了，也不一定就顿悟。听到晨钟暮鼓，也不一定动魄惊心。想起早年去过的成都宝光寺，有副对联"在这里听晨钟暮鼓打破了无限机关；退一步利海名场奔走出几多魑魅"，那魑魅们孤寂不孤寂呢？

八十三

太白曾经悲白发,少年才唱寸晖心。
春风催绿无忧树,我诵悠悠一子衿。

二〇一六年五月八日

注: 李太白"高堂明镜悲白发",比"谁言寸草心"更凄怆。"不孝有三,无后为大",有谁记得后两条呢？旧时常有英雄的母亲以自杀绝食激励自己的儿子弃孝取义！中国人的母亲并非仅有勤劳、慈爱！人,不可仅有亲情,忠孝节义之外,更需要友情！我喜欢"青青子衿,悠悠我心,但为君故,沉吟至今"！望七叶树花如白絮,如果再能坐在曾经诞生过佛祖的无忧树下,望花开如焰,轻吟"知我者谓我心忧,不知我者谓我何求",惬意吧?

八十二

七叶娑婆花竟开,春光流泻绕墙来。
几枝芍药先偷绽,楚楚无人怜入怀。

二〇一六年五月七日

注: 见七叶树开花,极罕见。是为佛家四大树之一,南方寺院多植,北方不宜。另与蔷薇嫁接之月季亦绽放,在墙下与出墙开花之七叶花欲争艳乎?

七十九

欲上琼楼揽皓月,还思碧海入春山。
云来雨往难收住,夜话西窗若个年?

二〇一六年五月五日

注：前两句为友人出句。

七十八

咫尺青青枝下雏,写来平淡垢尘无。
通才三十年方化,绚烂生花入画图。

二〇一六年五月四日

注：画家张召京先生赠扇面,他是敦厚之人,不擅闻达,埋首楮内。画论没有书论玄妙,恽南田曰"有笔有墨谓之画",至理。当然,气韵生动凡不可缺。清人沈宗骞《芥舟学画编》云："要知从事笔墨者,初十年但得略识笔墨性情,又十年而规模略备,又十年而神理少得,三十年后乃几于变化,此其大概也。"

七十七

好雨过春澄艳晖,树禾绿透风媚吹。
蔷薇烂熳疑滴泪,原是甘霖恋靥眉。

二〇一六年五月四日

注： 看雨后滋润，蔷薇绽苞，烂熳炫目，此为与芍药嫁接，木本，每至春发，灿若霓霞。举凡花木，嫁接者盛，果实甘甜。稻菽杂交，产量升高，但生长期快，未必味佳。

七十六

九畹兰芳已落英，歌喉袅袅绕门庭。
回肠最是伤心处，未琢新腔绝此生。

二〇一六年五月三日

注： 今梅葆玖先生告别仪式，有感而作。梅先生大功于梅派是传承，27岁其父逝去，改变了人生轨迹。他本来未想如此，天降大任，撑起门户。我个人觉得有些悲壮，或许也有无奈。他为人最大的优势是谦和，最令人惋惜的遗憾是无自己的创新戏目。天时、地利、人和，尽管有可供驰骋的天地，奈何？

七十五

雨色青青且独行，当春过望喜发生。
西窗何必添香袖，把伞吟诗也是情。

二〇一六年五月二日

注： 雨不止，持伞踽行，四野葱翠，于稼禾林木、空气，皆有益焉。想起老杜诗：好雨知时节，当春乃发生！我最爱，窃以为古人第一！我从不大看今人释古诗词文章，诗无达诂。各人心境不同，各有所持。俞平伯讲易安词：人比黄花瘦，说好。学生问：怎么好？答：就是好！不再琐析。黄侃先生讲古诗，也有类似轶事。所以老杜的喜雨诗，怎么好？也只能答：就是好！步归，雨仍下，好不好？问问农家？

七十二

天涯地角尽春晖,已是熏风款款吹。
圆月何如弦月好?中天多见一弯眉。

二〇一六年四月卅日

注: 此诗为和京梅友人之作。

七十一

衣袂飘飘胡不归?蟾宫未见玉人回。
冰寒直下八千仞,伴得桂香隐隐吹。

二〇一六年四月卅日

七十

飞来何物尽染晖,风伴夕阳一地吹。
莫怨春光留不住,京华又见絮拂眉。

二〇一六年四月卅日

六十八

三十年来若隙埃，凌台逸气散襟怀。
几回临海分韵事，萋萋柳色碧生哀。

二〇一六年四月廿八日

注： 此诗为悼念洪学仁兄之作。洪学仁兄乃老编辑，多年致力于竹枝词创作，收获颇丰，有文人风骨而淡于利。2009年，隔二十年，他再倡来旧地，分赋诗以记情谊。他时来我处小叙，身体不佳，不如意事致有颓唐气。他的《竹枝词三百首》终付梓，家属在告别遗式后才告我，大概不通知外人。很难过，未能见他最后一面。想起古人诗"一生襟抱未曾开"，他退休早，身体多病，未能有人去写他，我尽我的心，写下诗和注为纪念。

六十三

饮冰豪气正如虹，泪泻兵魂赞放翁。
一自少年忧内热，纵横捭阖伴平生。

二〇一六年四月廿七日

注： 闻梁思礼逝世，梁任公九子女，个个栋梁材。他斋名"饮冰室"，语出庄子。任公释曰："吾心爱国如焚，需饮冰止之。"任公国学深博，诗词亦堪成家，后人多不晓耳。有诗云："诗界千年靡靡风，兵魂销尽国魂空。"今亦可为文化界警铭。任公称大师名符。称国学大师应有四个标准：一、通经学；二、通宋明理学；三、通佛学；四、通音韵训诂。诗词、史学之类不算，通只能成家。

六十二

樱花虽艳莫吟诗，又见蕊开拜鬼时。
眺望江山三千里，铮铮正气有男儿。

二〇一六年四月廿七日

注：中华地广，花卉奇多，樱花外，还有牡丹、梅花……国人之骄傲也。

六十一

桥头烂缦欲吟诗，伫立凝眸对绿枝。
可惜花期终一瞬，人生莫忆少年时。

二〇一六年四月廿六日

注：樱花原产中国，由朝鲜半岛传入日本。原本体现中国人重然诺不惜死的侠义之风。开时绚烂，十日稍纵，落英缤纷，何其摄魄？将最美艳的一瞬展现给世界，不求老朽苟喘，不期延缓生息，壮烈而凄美，凛然而高傲。人，若如樱花，必如蚁而神，国，则必盛出烈士，一切卑劣猥琐必相形见绌，外夷，何敢欺我辱我哉！

五十七

风也轻轻袂也轻，催郎心底唱歌声。
东山吹过西楼雨，侬道无情是有情？

二〇一六年四月廿五日

注： 竹枝词为古诗中体裁，与七绝迥异。今人不晓，率意涂抹，与刘禹锡所创相隔万里。看似简易，韵味甚难。我一向畏之，不敢效仿。试写一首，恐非入门。

五十六

莫管痴痴与不痴，清风明月两由之？
喝茶洗钵本无碍，听取蛙声入梦时。

二〇一六年四月廿五日

注： 南粤小林读之说"管他痴与不痴呢"，极妙。有禅宗机锋。读禅家语录《五灯会元》之类，随处可见不痴者棒喝痴迷不悟者，"喝茶去""洗钵去"，是算明白的，大喝一声："干屎橛！""佛庄严，我自庄严"，抛到爪哇国去了？一佛出世，故无烦恼，试试心无挂碍？

五十五

仰面繁星强赋词，世间何必作情痴？
学他明月愁心寄，一夜清风不读诗。

二〇一六年五月廿四日

注： 读，读仄声。本欲读书高卧，东声兄步韵和咏，其中有句大妙。故又依韵强作。痴与不痴，风散已尽。痴之所至，繁星如面，月已高悬矣！古人说，杜甫诗可学，太白诗不可学！其天思奇纵，无可依傍。比如，"我寄愁心与明月，随君直到夜郎西"，愁心明月，怎么寄呢？

五十四

痴了伤怀辄作诗？人生莫作有情痴！
天心万仞风吹散，老去孤舟读杜诗。

二〇一六年五月廿四日

注：汤显祖因痴写《牡丹亭》，常辍笔伏案恸哭。故作者痴，读者痴。钱钟书，学者也，也被称为有痴气，见杨绛回忆。如我侪，痴，写诗，其实百无一用。痴，其实也无大妨。比如读诗，少年可读李商隐，壮岁诗读李太白、词读辛稼轩和苏东坡，老了呢？一叶扁舟，孤卧倚樽，夜月之下大诵杜甫诗，道是痴也不痴？

五十三

弹指花期迟暮时，飘零落絮入泥池。
熏风莫解离人意，不见残阳无限痴。

二〇一六年四月廿四日

卅九

夕阳西下是残晖，风自缠绵穿柳吹。
楼阁亭台盘半壁，碧波遮住枉凝眉。

二〇一六年四月十二日

注：斜晖中望什刹海，大宅楼台，环盘岸边，迤逦栉比，遮挡望海，阻断游路，甚煞风景。门前罗雀，深不可窥。至西海，亦有焉。余少时无此景，令人叹息。

卅八

如吟如诉亦如泣，哀怨缠绵恨悠长。
正是年华堪锦色，诔词血泪送离殇。

二〇一六年四月廿一日

注： 友人发来罗马尼亚作曲家波隆贝斯库《叙事曲》，春风拂煦，听之伤感。熟悉的旋律唤起往昔记忆，20世纪70年代上映《奇普里安·波隆贝斯库》，片中反复回旋即为此曲。此为他狱中所写。一生创作250首曲目，其中《骑兵进行曲》亦耳熟之极，当年在宣传队练声音时，休息时同伴每用手风琴奏之。他的《三色旗》《旗之赞歌》，分别为其祖国和阿尔巴尼亚国歌，世所罕匹！死年不到三十岁。葬礼上，女友贝尔塔痛读"献词"，万人泪下。

卅七

花开解语不空空，只乘缤纷风向东。
老杜如吟应绚烂，香山逸兴可从容？

二〇一六年四月廿一日

注： 和南钦兄海棠诗，海棠古称解语花。杜甫平生不咏海棠，故后人说他"海棠虽好不题诗"，据考其母小名为海棠，为亲者讳，故不复一字。倘若吟唱，以老杜笔力，比拟云鬟花面，不逊"樱桃樊素口，杨柳小蛮腰"吧？

卅五

枝叶萧萧纸上寒，一襟清气上云端。
缘何江左多才子？钟秀山川细细看。

二〇一六年四月廿一日

注： 此作为观顾平先生竹画所作。看，依韵读平声。顾君，通州今南通人氏。通州江左，才人代出，仅清末范伯子为同光诗坛领袖，声闻宇内。即今之袁、范，大家也。

卅四

钟鸣鼎盛伴鞭声，仪仗纷来迤逦行。
只是扶犁歌戏后，稼民何曾享承平？

二〇一六年四月廿一日

注： 中华自古重农桑，视为根本。历代帝王于春季均有"籍田礼"，明清两朝专设先农坛祭祀。皇帝亲耕，右手扶犁、左手执鞭，往返三次，播种由大臣实施。明代礼毕，还设宴、歌舞、杂戏等。然帝王者，贤者少，平庸昏聩者多，重农废弛，名不副实。农民历朝赋税最重，难以聊生。得民心者得天下，实为农民也。只有从心里悯农，农民才可安居乐业。君不见覆舟者，皆陈、吴、黄巾、朱、李等辈乎？

卌三

忽忆清明时节日，断魂野笛梦中吹。
居然不落潇潇雨，小杜诗吟教皱眉。

二〇一六年四月廿日

注：南方数省大雨十日，涝之发。北方则无，旱情略见。

卌一

八千崇岳八千仞，万里沧溟万里疆。
可有英雄初试手？艟艨仇忾下东洋！

二〇一六年四月廿日

卌

英雄罹网纸牌屋，鹿死谁家待后哭。
三十年前旗尚在，丛林豪气可还无？

二〇一六年四月十九日

注：巴塞夫是当年英勇的女游击队员，我见过她被捕后在刑讯室的照片，英姿自若，印象颇深。

卅九

柔意侠肠薄似纸，琴心剑胆已无多！
今朝若见不平事，空教匣中锈蚀磨。

二〇一六年四月十九日

注：第二句用龚自珍意。唐人贾岛诗云："十年磨一剑，霜刃未曾试。今朝把示君，谁有不平事？"万人丛中行侠仗义，写出这样唐人气度的诗也难了！贾岛据考为北京房山人，墓似亦在房山，如选北京古代豪逸诗人，我极乐意投他一票，以匡诗风。

卅七

惆怅东风终一别，独回月夜忍凄零。
清歌百啭犹盈耳，怕忆佳期恨暗生。

二〇一六年四月十九日

注：古人常作本事、宫词、闺怨、相思之作，或实指，或代拟，或借喻。如李义山诗，究不知是本事，抑或讽喻？元好问之名句"问世间情为何物，直教人生死相许"，考为十八岁时作，非乃自己情事，借喻他事耳！情为虚幻，多以利结，世上熙攘，见几个盟誓抱柱？三生石上，莫可赴空，无门关下，点头而已！

卅六

宫垣暮照夕阳里，将逝天工剧可怜。
绝技莫知传久远，只修残楮换春山。

二〇一六年四月十八日

注：读日报载故宫文物修复师事，殊怀感喟。

卅五

一天蓝透一天絮，且教东风着意吹。
好去春江花月夜，一舟一醉一低眉。

二〇一六年四月十八日

卅四

风度恍然宗魏晋，锋毫俊逸见逍遥。
此中深意谁能会？不是寻常着墨雕。

二〇一六年四月十七日

注：今宵樽酒论文，国家画院顾平先生携画来观。独喜此幅，太白诗句愈增飘逸。魏晋风度乃中国人之极致，已成绝响，后不可肖。然气质不灭，人犹向往，诗文应步，书法尤是，而画更应如此，所谓圣贤寂寞，画可留名也夫？

卅三

悲声凄笛动心旌,高地旌旗甲马鸣。
若为自由甘一死,先吹碧血染尸横!

二〇一六年四月十七日

注: 读彭俐诗人写苏格兰风笛手诗,心感交集,乃为兄诗助兴一首。风笛手英勇无畏不惜死,永远走在战阵前列,阵亡率极高!"二战"中诺曼底登陆,犹见英军风笛手的英姿!笛声悲怆,令人酸楚!

卅二

昨日清风飒飒吹,澄天未见絮拂眉。
杨花有意随云去?飘在天涯不省归。

二〇一六年四月十七日

卅一

酒醉情多才赋诗,老来偏作少年时!
管他有憾和无憾,曾是狂生后是痴。

二〇一六年四月十六日

注: 首句化郁达夫诗"曾因酒醉鞭名马,深恐情多累美人",达夫诗词甚工,其功力超其小说、散文,单看其《毁家诗纪》组诗,何其沉痛如哭!才子狂生性情,吾不能也!

卅

花朝恍似去年时，风絮吹来佯不知。
飘落杨枝缠满地，昨宵好雨沥生痴。

二〇一六年四月十六日

廿九

年年辰日沐春晖，伴絮和风次第吹。
如意人生难至九，朱颜不再已霜眉。

二〇一六年四月十五日

廿七

一床明月也生辉，有味书香淡淡吹。
读到兴浓将进酒，方知无意唤蚕眉？

二〇一六年四月十五日

廿五

春风吹絮总悠悠，廿四笛声楼上头。
天有一弯明月夜，谁将怜意用心收？

二〇一六年四月十五日

注： 月华如练，微风似熏，稼轩词云："唤起一天明月，照我满怀冰雪。"句有凄怆，恐不如我怜月色用心收之。古诗"醒时同交欢，醉后各分散"，今宵小饮，尚无醉意，月知之乎？我怜月弯如眉，清光盈心，又知之乎？人生如梦，焉知来去？"人生天地间，忽如远行客"，披月色而行，可欤？月盈泪溢，可矣！以诗赠月，赠知者，可乎？！

廿四

古人曾咏东风恶，狮吼曾惊拄杖佛。
石破天崩疑不识，回眸絮淖怎婆娑？

二〇一六年四月十四日

注： 读古人词，似只有放翁说"东风恶"，因为下句是"欢情薄"。在他眼里，表面温和彬彬，实则凶恶无理。使其受伤害。偶一读之，相似乃尔！婆娑，盘旋起舞貌，絮入泥淖，再不能舞？风吹其落，东风恶乎？娑婆，佛家用语。有貌似佛子，心有戾气，口吐不是莲花，飞迸秽语，若泥淖者何？善哉！

廿二

终是梦中花落笔，一年落絮又相期。
飞红自去天中舞，我咏燕巢寂寞诗。

二〇一六年四月十四日

廿一

满目杨花依旧是，柳绵薄暮入春泥。
夕阳又照人间景，化作霓霞梦里词！

二〇一六年四月十四日

廿

何须大醉玉人扶？负剑关山尸也枯。
春梦天涯非有憾，柔情不抵半床书！

二〇一六年四月十三日

注： 苏东坡有"春梦婆"之典，人生譬如一场春梦，花开花败，纵有春风，乌有先生也。凡夫置语，故有此咏。所谓华枝春满，焉知悲欣交集？

十九

絮样年华水样情，东风吹尽付沧溟。
天涯一到才知梦，不向高台去化冰。

二〇一六年四月十三日

十八

欲唤春风嗤老夫，杨花冷漠自轻浮。
落红莫管无情否，且去闭门读禁书。

二〇一六年四月十三日

注： 苏东坡写"老夫聊发少年狂，左牵黄，右擎苍……千骑卷平冈"时，才三十八岁。可见古人斯时已有迟暮之感，所以东坡感慨"人生如梦"，是哲思之叹，后人多误会是颓唐。杨花转瞬即逝，管他落红入泥，"雪夜闭门读禁书"，是古人的一种境界，若春风不唤，月夜读书，不亦幸甚至哉？古人有云三日不读书，便觉面目可憎！信然！

十七

时霾时雾少明晖，只恨春风恣意吹。
岂止农家求畅雨，诗人一样锁愁眉。

二〇一六年四月十三日

十六

本应绿色遮陇亩，春雨如油枉自流！
且恨农家辛苦后，一年负债更无收！

二〇一六年四月十二日

注： 今观新闻耕地用假种子，农民不仅无收，且付出甚巨！听之，令人心痛生恨！

十五

天山穹日映旌辉，梦荡胡尘弹剑吹。
钓屿南沙期卫霍，诗家掷笔换虬眉？

二〇一六年四月十二日

注：汉名将卫青、霍去病，长驱大漠，扫荡匈奴，拓中华疆土，传万世英名。

十四

淅沥昨宵欣喜听，当春时节正发生。
一天好雨催花重，心是葱茏诗蕴情！

二〇一六年四月十二日

注：昨夜至晨，雨。老杜诗：好雨知时节，当春乃发生。又说：花重锦官城。亏他想得出：花重，怎样重呢？喜杜诗，也喜欢龚自珍《己亥杂诗》"美人如玉剑如虹"，缱绻与豪逸于七字中，何其隽永。

十三

春风未必太关情，月有朦胧泪有声，
步步莲花天雨外，夕阳染絮也飞红！

二〇一六年四月十一日

十二

絮绕西楼三尺箫,吹来玉色梦凌霄。
风拂依旧月明夜,纵有诗声万里遥。

二〇一六年四月十一日

十一

风送莺啼春送晖,几番花信几番吹?
年年花信年年问:怎似君家不展眉?

二〇一六年四月十一日

十

风絮悄然恍玉人,霓裳似雾面如云。
别时容易难相问,梦里飞花春半深。

二〇一六年四月十一日

九

半窗飞絮半窗诗,想见眉弯似柳枝。
浓绿恨将春半逝,东风莫恼去来迟!

二〇一六年四月十日

八

妩媚娇阳已半春，熏风缕缕正销魂。
凝眸枝上相交颈，唤到谁家却不闻？

二〇一六年四月十日

注： 楼上办公，临窗每见一对斑鸠栖于高树，或相卧，或嬉戏，怡然自得，岁岁如是。后办公移至西侧小院，院内老树浓荫，桑、枣、红果树数株，乃成鹊、雀之天堂。斑鸠则罕至。忽一日暮中，鸠飘然落树，我持馒头少许置掌中。蹲地饵之，乃落地。啄我指，不食。良久，飞去。何也？探访故人耶？

七

一刹阴晴一刹晖，半樽春色伴风吹。
有心插柳还呼雨，却让杨花轻抚眉。

二〇一六年四月十日

注： 唐时称酒为"春"，酒名后皆加春字。今犹遗存，如剑南春。今春未见雨纷纷，旱情初现。

六

莫作人间传彩笔，絮飞絮化两由之！
床前啼月谁家事？不管明朝吹笛时。

二〇一六年四月十日

注：床，非指眠床。李太白"床前明月光"，指院中水井边、井栏。唐人院中有井，井床，如河床之谓也。亦有认为乃"胡床"，马扎也。

五

一梦天涯忆断时，云间已是不痴痴。
东风吹到西窗下，谁诵蓝田玉暖诗？

二〇一六年四月九日

四

佳节杨花乱眼迷，入园春色可相期？
青青又见河边草，已是萋萋覆絮泥！

二〇一六年四月九日

注：今农历三月初三，古为上巳佳节。《牡丹亭》唱道："不入园林，那知春色如许？"春朝者，来亦即去，如夏虫不问冰，君不见絮飞如舞，终入春泥？

三

上巳熏风乱絮中，义山遗句入心旌。
趋前可共西窗雨，柱柱弦弦未了情！

二〇一六年四月九日

注： 喜欢李义山诗，令人迷蒙，心旌神摇。世间再不可得，后亦无来者！莫云换其心，夺其笔，夜雨西窗下谈诗共话可得乎？"我是梦中传彩笔"，即李商隐句，下句为"欲书花叶寄朝云"，寻常辞句，缱绻锦心，情愫可窥之也。

二

欣逢丽日露明晖，草长莺飞风不吹。
好去踏青寻草舍，长吟新句自舒眉。

二〇一六年四月九日

一

无力东风渐可哀，清音寂寂自传杯。
絮飞片片如相问，怕是春深不敢来？

二〇一六年四月九日

过　年

不与梅花也过年，馨香疏影顾衣衫。
屋梁月色犹相绕，懒得吟诗去入笺。

二〇一六年春

题白牡丹

雪靥冰肌出碧丛,霓裳褪去怯花容。
春心却教春风动,半见娇羞半见情。

二〇一六年四月六日

注: 崔续庚兄,中国美协、书协会员,所作各色牡丹,别致风韵,尤白牡丹更为赏心。

春 愁

杂花正好簪当头,一刻良宵罢夜游。
江上忽闻传涝讯,小诗莫可抵春愁!

二〇一六年四月二日

注: 古人有簪花春游之习。昨宵少长咸集,酒尽后辄议夜游什刹海,余罢之,乃散。观新闻,气象分析长江一带将涝灾。而涝之一旦,必毁草芥;则民生哀艰,天警应悚!龚自珍诗云"世间无物抵春愁",嗟夫!

题冯志孝先生剧照

　　我曾赠冯志孝先生一诗曰："温如衣钵人如润，振玉堪听怀素书。感慨氍毹尘世里，鹤鸣依旧远云浮！"温如是马连良先生的表字。欧阳中石曾书赠冯先生"温如衣钵"横幅，意蕴深长。黄苗子先生书赠则为"听怀素书"，评价更高。于又一顺餐叙时，将书法诗作呈上。冯先生喜欢，兴致高，将手机打开置于桌茶杯上，放起3月15日梅兰芳剧院他表演的唱段，本应唱两段，观众挚爱，不得已返场又加三段。聆听《草船借箭》《淮河营》等，皆为经典。以78岁高龄，声遏行云，令人叹绝。旧习不改，再诗赠冯先生一绝。

　　英姿又见旧时颜，裂帛金声蔽管弦。
　　望眼台栏皆是客，一声高唱彻云天！

二〇一六年三月卅日

贺李滨声先生出版新著

春花人瑞两相映，风韵白头胜靥红。
一曲家山谁唱醉？痴听老凤又声声！

二〇一六年三月廿八日

注： 李老以 91 岁高龄，又出新著，招之雅集，未能躬逢其盛。人不能至，而心向往之；诗之也浅，则意有所盈。以其人瑞，海东山南，必泽久远！故以诗句，遥祷心香！

泉州开元寺

桑莲故事忆袈裟，不省春风吹落花。
双塔东西隔望眼，悲欣世上总如麻。

二〇一六年三月廿五日

春夜望月

春风微至尚丝寒,笼月堆云望月圆。
欲教清光来入梦,明朝好是碧云天。

二〇一六年三月廿三日

注: 春夜披襟,乍暖还寒,星月弥天,云流风淡。人生如月,夕升朝没。逝者如斯夫,万物为刍狗,生情者自愚,无痴者乃智。天心月圆而无梦,草木枯荣止悲欣。知者心忧,不知者无求。当不得阳明洞里人,大梦未觉,可睡之也。

元 宵

上元火树欲温馨,只见梢头不见人。
岁始初圆天上月,春风不教夜深沉。

二〇一六年二月廿二日

除夕有寄

案前香蕊若幽兰，才露花苞待灿然。
游子归来谈笑后，一声珍重怅家山。

二〇一六年二月五日

注： 黄钺先生自荷兰归国，雅集于白魁老号，赠郁金香一棵。

大东海夜观潮

明月一钩眉一弯，履沙踏浪舞风前。
沧溟似墨云如盖，谁教潮汐日夜喧？

二〇一六年二月

元旦试笔

梦里兰花簪上头，拥旌吹剑一肩休。
韶华逝水家山在，可待心香天与俦。

二〇一六年一月四日

赠友人（二首）

一帘雨雪入眉弯，秋叶凋零莫可怜。
春意欲寻谁家去，几丛翠碧惹联翩。

其二

拂雾归来一室春，枕香入鬓去浮尘。
幽气扶帘看雪色，绿映眉山赤染颦。

二〇一五年十二月八日

注： 友人擅莳花草，谓其满室翠绿芳香。欲赠手制香囊，云枕上闻香可静神也。

亚龙湾观海

踏沙极目眺云端,袖手濯足若等闲。
欲挽波涛三万里,奔来心底化斑斓。

二〇一五年十二月十一日

怀李凤翔先生

雨雪飘飘落叶时,京华名气早传知。
谆谆如坐今犹记,风义平生私认师。

二〇一五年十一月十九日

注： 先生11月13日逝,享年七十五岁。本名凤祥,河北满城人。出版散文集《神拳儿女》《凤翔散文选》,评论集《戏剧人物面面观》《谈史说戏》等。

修水之什（三首）

入陈宝箴老宅

吹过秋风叶未红，黄钟振臂已销声。
凭栏多少风云气，化作淋漓凝碧穹。

二〇一五年十月十六日

谒黄庭坚墓

出门谁赋大江横，诗脉何因地僻生？
并峙坡翁家列四，秋高不掩桂香浓。

其二

难祛寂寞此心同，百代文章供涕零。
墓草青青犹有意，幽幽桂子送秋声。

二〇一五年十月十七日

注：江西修水为陈宝箴、黄庭坚故里。黄氏与苏轼等名列宋四家。

题　画

秋风已过玉门关，古道黄沙入蜃烟。
羌笛何堪杨柳怨，骊歌吹上淡云天。

二〇一五年十月五日

登观象台

镜观万仞辨山形，树动哗然似辩声。
不是汤公推大议，版图盛世有无中？

二〇一五年八月廿五日

注：观天文镜望月，见汤若望办公处，曾于此与保守派激辩，被诬下狱。若望建议已出天花之康熙继承大统，故有康乾盛世。

七　夕

流萤有味是儿时，月似弯眉才有痴。
人在西门灯影里，秋风正好助诗思。

二〇一五年八月廿日

大　雨

昨宵泼雨似帘遮，天墨如涂霜阵夹。
碣石如闻生百感，风凉瑟瑟走孤车。

二〇一五年八月九日

长沙三日

湘莲泪水孕湘灵,风也轻轻雨也轻。
怪道湘妃皆染泪,潇潇无尽自痴生。

二〇一五年七月廿七日

注: 长沙三日,尽皆落雨,风轻致爽,若有所思,故吟浅句。

登阳泉马孟山所见

绿色如帱深浅分,空蒙山雨一时频。
栈桥迤逦溪溜急,白桦亭亭似丽人。

二〇一五年七月十八日

注: 宋杨万里诗"空山一雨山溜急"。山高 1700 米,为辽河之源。

偶　作

凭栏一片回肠气，来作孤山袖手人。
月色莫看柔似水，云霄万仞渺真身。

二〇一五年七月六日

德州苏禄国东王墓怀古

挈子携妃渡海来，衣冠万国仰宏恢。
谁知殒命德州路，两姓换来护冢堆。

二〇一五年五月廿六日

注：德州有苏禄国东王墓，尚未开放，允入凭吊之。其明代来华朝拜，归途中死于德州。明廷震悼，命以王制葬，长子归国袭王位。其妃及二王子留守墓，并拨民户田亩以养。后裔于清雍正时请入中国籍获准，赐温、安二姓，今已繁衍三千余人。

什刹海胡同漫步

柳曳春波几缕愁，徜徉入巷少清幽。
熙熙望眼人为患，谁见相知到白头？

二〇一五年五月

注： 郁达夫说过：老北京的特色是幽静。什刹海更如是。我少年至今都在什刹海边儿上住，清静得很。现在变了，喧嚣成为最明显的标志。连原来幽静的小胡同里也川流不息。据统计，什刹海一带先后居住过二百多位名人。图的是静，据我观之，到什刹海的外地人、外国人、年轻人多，情侣也多，我奇怪，情侣干吗不找个安静无人的地儿？

怀柔咏玉兰

春天二十四番花信，花开有期，花谢有日。然同一地域同一花种，却参差有异。记在京华北海，玉兰犹见吐苞，数日后至怀柔红螺寺，却见玉兰绽放，缤纷如雪，兀的使人怪哉？

曾观北海喜含苞，此地瓣跌叠若潮。
花落花开皆似雪，谁将春意赋萧条？

二〇一五年三月廿七日

观北海含苞玉兰

动人春色在含苞，暖气偷拂染柳条。
潋滟湖波生妒意，谁将碧色映花潮？

二〇一五年三月廿二日

咏友人寄来明信片

小街流水映红袍，吴曲听来韵自娇。
两地诗思犹对诉，姑苏愁绪问枫桥。

二〇一五年三月二日

题朱守道宗兄书法

长枪大戟列森森，海立山奔泻有神。
共姓同庚应胜我，书家笔底蕴深沉。

二〇一五年二月廿三日

初二喜雪

纷纷花伴春浇水,卮酒昨宵心始安。
若祭赵公唯一语:祈多瑞雪兆丰年。

二〇一五年二月廿日

注： 农历年俗初二祭财神、回娘家。财神分文武,有赵公明、关羽、秦桧等。北京初一下午即雨夹雪,晚即止。心若有失,夜观又零星飘洒,祈"燕山雪花大如席"才保丰年,农家则幸。初二雪纷扬,甚喜。何止丰年有兆,气润天朗,而民安,心有愿也。依天文学概率,春节与雨水节气同天甚罕见,逢落雨更惊殊。农谚谓之"水浇春",特指春节、雨水落雨同日。真称万物萌动,春意大吉之兆也。

读《焦晃·戏痴》

一支纤笔欲情勾,写了青丝写白头。
只是氍毹台榭上,孰分欢喜与忧愁?

二〇一五年一月六日

无　题

记得当年明月在，断魂夜色挽星回。
半城风絮半城雨，枉作词笺付与谁？

二〇一五年一月

题陈援兄永定溪上摄影

杂树葱葱流水清，问侬溪上太含情。
低眉似觅落红迹，不知拂袂已秋风。

二〇一四年十二月四日

三亚拾屑（三首）

雨 虹

天涯才晓多飘雨，一刹潇潇一刹晴。
窗外霓虹窥草鹭，浮生几日若栖鸿。

注： 到三亚遇雨，时断时续，且见霓虹。所寓楼名草鹭，他楼皆以禽命名，如白鸥、鸳鸯等。

亚龙湾风中观涛

风荡叠涛来眼底，云重暮色海连天。
痴人不晓雨将至，忧患时时一念悬。

二〇一四年十一月十二日

机场对酒

莫道天涯天尽头，人生如粟海角收。
白云苍狗十年逝，对酒依然约白头。

二〇一四年十一月十三日

岭南吟草（十首）

雨中游惠州西湖

秋雨一天入碧波，荔枝吟到瓮头歌。
词人不幸家山幸，莫管西湖愁几多。

二〇一四年九月十六日

注：苏东坡贬官惠州，吟出名句："日啖荔枝三百颗，不辞长作岭南人。"又东坡谪惠州诗中屡见"瓮头春"，唐、宋时酒多称为"春"。

朝云墓

朝云有幸传千古，塔影波光伴不孤。
一自坡翁谪此地，家山才筑小西湖。

二〇一四年九月十六日

惠州雨

一刹阴晴一刹雨，几分山色几分湖。
天公何不均南北，润旱调痨绿版图。

惠州雨之二

湖光山色洗凡心，好雨潇潇去旅尘。
遥想东坡吟荔态，我来暂作岭南人。

二〇一四年九月十七日

注： 惠州二日，无时不雨，盖因"海鸥"台风故也。

雨中罗浮山

潋滟湖波雨里看，如滴苍翠染层峦。
小楼犹在林中隐，归忆盘中野菜鲜。

二〇一四年九月十七日

注： 导游告中华人民共和国成立后周恩来批准于山下建元帅楼二座、将军楼七座，今仅存元帅楼一座。午餐品尝野菜甚鲜。主人告：逢此季，农民采摘由管理处收购。

丰渚园

瀑引尚香来眼底，坞前细雨共秋声。
名园还是惠州好，落在西湖倍有情。

二〇一四年九月十七日

梅州雁鸣湖品红心蜜柚

层裹薄裳透玉身，褪衣未吮溢清芬。
春绽何来花似雪，秋实竟似美人唇？

二〇一四年九月十八日

古村落山杜鹃

村落斑驳隐翠峦，溪声寻迹到亭前。
蓦然望眼杂花里，啼血留痕认杜鹃。

二〇一四年九月廿日

相思湖

飞流似泻相思泪，一树抱思一寸心。
荡漾碧波生眷意，万千红豆太销魂。

二〇一四年九月廿日

灵光寺

双柏枯荣暝色中，空中天月偈从容。
禅房不落菩提叶，惭愧因缘难一逢。

二〇一四年九月廿一日

闻 雨

滂沱何故晚来迟,去向旱田润萎枝。
问道谁知颗粒绝,昨宵又读悯农诗。

二〇一四年八月廿九日

注: 闻多地落雨,聊缓旱情,然农家多有颗粒无收者,奈何?

哈尔滨拾零(三首)

中央大街漫步

摩肩争购马迭尔,攒动华梅点菜汤。
隐隐风情仍遗韵,一街鬓影与衣香。

二〇一四年八月二十二日

注: 宿百年老店马迭尔,毗邻中央大街。其马迭尔雪糕脍炙人口,人皆排队购之。又入俄式华梅西餐厅,取号就餐,云红菜汤最佳。

呼兰访萧红故居

莫论薄命是红颜,沧海其实一瞬间。
浅水湾头埋骨后,人间才晓重呼兰。

二〇一四年八月二十二日

绥化品七星鱼

秋色逸人迓远客,盘中罗列问茫然:
"此鱼细小味香美,只在呼兰碧水间。"

二〇一四年八月二十一日

注: 友招饮于小馆,云七星鱼只在呼兰河一支流中,唯此小馆有此肴。

和吴世民先生

一轮皓月一轮秋,天下频灾待措筹。
莫问月圆真似巨,何时疾雨落中州。

二〇一四年八月十二日

注: 12日世民先生示《清平乐·赏月圆》。农历七月十五日(公历8月10日),月亮最圆最大最亮最近,四百多天才出现一次。因福建台风,近来地震又逢暴雨,河南等地大旱,贵州等地暴雨,故有所和。

揭阳普宁夜观南山英歌

震耳铿锵鼓板声,腾挪闪展见豪情。
恍然慷慨英雄气,尽在刀光剑影中。

二〇一四年七月廿二日

注:南山英歌相传出于水浒攻打大名府之战,无歌腔,仅以鼓板击节,健步跳跃,显英武豪气之状。为国家级非物质文化遗产。

一月二十日作

萤光映雪疑传说,烧起松明夜读书。
夜夜人间应满月,银河如昼照漆屋。

二〇一四年一月廿日

注:观1月20日《新闻联播》:四川凉山黄泥巴村未通电,学生回家做作业需点燃松明。播音员云:中国目前尚有二百余万人用不到电。

咏世民先生绘青花瓷《李贺行吟图》

书道词坛负姓名，惊看素墨上花青。
才高许是天谪与，十斗凭君任意称？

二〇一三年十一月二十五日

注：《世说新语》：天下才共十斗，曹子建独占八斗。

景德镇所见

闻听叫卖稚音中，望眼矜矜鬓尚青。①
叹息书声风雨杳②，徘徊心事购樽瓶。

二〇一三年十一月三日

注：①景德镇有大学生瓷器市场，摊位售者多为陶瓷工艺院校大学生，意为扶持，兼展示才艺也。
②明代东林书院有楹联云："风声雨声读书声，声声入耳；家事国事天下事，事事关心。"

婺源行吟（二首）

篁岭古村

天街古道绕云收，黄浅红深晒上楼。
几树山茶花影里，半轮夕照半轮秋。

注： 篁岭古村为清代曹文埴、曹振镛父子故里。父为翰林院侍读学士，子为军机大臣，为清代八个谥"文正"大臣之一。篁岭村民习俗用竹具晾晒农作物，日升而晒：春晒水笋，夏晒蕨菜，秋晒辣椒、玉米、稻谷等。数百栋徽派民居，青砖黛瓦，落差百丈，晒架上红黄杂色，宛如《篁岭晒秋图》。

源头古村

家山未必要人扶，溪水红杉即画图。
亭下香樟弥馥气，秋风吹散使人酥。

二〇一三年十一月二日

注： 源头古村坐落于严田古樟与鸳鸯湖间。清人赵翼诗："江山也要伟人扶"，反其意用之。

读伯翱兄写徐悲鸿《渔夫图》[①]

纤毫栩栩小儿郎，笑对无邪稚气张。
细析渔翁身上物，[②]胝足胼手最沧桑。[③]

二〇一三年九月廿九日

注：①伯翱之文见《中国钓鱼》2013年第5期。题为"画坛一代宗师徐悲鸿和他的《渔夫图》"。
②伯翱细析所画渔夫背驼、赤腿赤脚及腰系铜烟嘴、铜烟锅，而为劳动人民。历代多渔者垂钓图，然多为士大夫形象，"而如此刻画入微反映劳动人民心灵沟通的作品，笔者还没有见过"（伯翱语）。
③《荀子·子道》："耕耘树艺，手足胼胝以养其亲。"胼、胝指老茧，长期从事体力劳动致使手足生茧。

九一八

望月樽前把剑听，金瓯未整欠从容。
白山黑水疆图在，最恨倭奴曾染腥。

二〇一三年九月十八日

赠吴扬狮城归来

十八年事护藏书，横海归来又一沽。
正好秋思肥蟹季，亲情似旧醉相扶。

二〇一三年九月四日

灵渠纪游（九首）

登观景阁

阁上波光入眼流，一江雨色一江秋。
秦皇无奈难延祚，可惜南征无数舟。

二〇一三年八月廿三日

注：8月22日至桂林转兴安，次日雨中至灵渠游四贤祠、铧嘴。下午登观景阁，览雨色烟波。明解缙《兴安渠》诗，有"若是秦人多二纪，锦帆直是到天涯"句。

雨中严关

旌旗迤逦忆戈船，雪景严关雨里看。
明月笳声闻不见，葡萄满目换人寰。

二〇一三年八月廿三日

注： 雨中与联合国教科文组织驻华代表处文化遗产保护专员杜晓帆博士、中国文物学会世界遗产研究委员会张义生副会长考察秦城、古严关。其始建有秦、汉说。顾炎武《读史方舆纪要》考建于汉元鼎五年（公元前112），归义侯越严为戈船将军下漓水之建，关取其名。此为兵家咽喉，战事频发。如宋马塈拒阿里海牙之攻、南明瞿式耜据御清兵、李定国破关袭败孔有德等。严关为兴安八景之一，曰"严关玩雪"。秦城旧城垣之下遍布农家葡萄架，真乃"换了人间"！

微雨中泛舟南渠

平林雨后绿如稠，湖水蜿蜒堤下流。
不见南征帆橹竞，鱼鹰自在卧舟头。

二〇一三年八月廿四日

兴安葡萄

莹莹如透叹如瑰，灌顶琼浆蜜到髓。
玉碗盛来炫目色，橙红紫碧令开眉。

二〇一三年八月廿四日

注：兴安县引种葡萄仅二十年历史，而今蔚为大观。不仅成为支柱产业，亦改变农民生活。我品尝之一种，无籽且如蜜，实平生所未见。

四贤祠

舟下清波舟上痴，青山四面雨丝丝。
汉家岭外收疆土，遥忆伏波故道时。

二〇一三年八月廿四

注：祠祀奉秦监御史禄、汉伏波将军马援、唐桂管观察使李渤、唐桂州防御使鱼孟威"四贤"。

宿水街

枕畔溪声入耳听，岭南月色入窗棂。
开樽但爱禾花鲤，梦里桥头过汉旌。

二〇一三年八月廿六日

注：水街位于灵渠北岸，宿客栈即马嘶桥侧。传马援征交趾，至此坐骑扬蹄嘶鸣不肯过桥。马援下马才知桥已朽，乃募捐修葺，故得此名。楼上闻溪流而似雨声，湍而泻，原为跨双女溪之两座桥，2004 年改建增加横跨灵渠之连桥，故称"三桥跨两水"，上为灵渠属珠江，下之双女溪属长江，咫尺间立体相交，世之罕匹。

飞来石

秦堤竟有石飞来，桂树葱茏夫子栽。
曾是丁香花四溢，杏亭画意似徘徊。

二〇一三年八月廿七日

注： 飞来石为灵渠一景，位于灵渠东岸，旧为"兴安八景"之一，曰"秦堤拜石"。高近三米，拾级可登，顶如履平地，有四季桂一株，葱翠如盖，为兴安指画大师曾恕一先生手植，曾老自20世纪40年代即为灵渠风景区管理处管理员（机构仅设员曾老一人），于灵渠保护功与有焉！石之一侧绿地如茵，随行之曾老之女、画家曾京兰女史告此处原有杏亭，为曾老作画课徒之所，周围广植丁香、桂花等。惜今不存矣。1982年曾老来京华办画展，始与曾老结为忘年交。曾老于1988年故去，今暮色中登石抚树，宁不感喟乎？

上塘谒灵渠老人墓

四面青峦绕墓庐，音容卅载已模糊。
秦堤景色应无恙，幸有才人护画图。

二〇一三年八月廿八日

注： 曾恕一先生号灵渠老人。20世纪80年代初我写指画之文，指出曾老指画风格细腻妩媚，与潘天寿之苍劲南北双峙。斯时与曾老并未相识。文章发表于《工人日报》，后经《解放军报》等多家报刊转载。1982年曾老来京于民革中央举办画展，始多方联系与我结为忘年交。犹记先父于家中设饭款待，取所藏清人高其佩指画共赏。亦陪曾老父女至北海观菊等。往事历历，情何以堪。京兰女史与我至曾老墓地祭扫，艳阳秋日，燃香风散，墓木已拱，音容虽渺，而事迹必存于天地之间。

湘江源

山气袭人半入秋，千回百转溯源头。

湘漓从此成名水，半壁神州绿意稠。

二〇一三年八月廿八日

注： 至水源头村，游秦家大院，为秦叔宝后裔繁衍之地，历四十余代，倚山而居，错落有致。历代秦姓中进士、举人者近百。出而沿山而上至"湘江源"。碑镌字为黄苗子题。

再到长宁（三首）

由重庆到长宁饮后赠周兴福

一年一度又相逢，故里依然草色青。

竹海至今偏入梦，枝枝叶叶总关情。

二〇一三年七月三日

注： 前岁至长宁相识，去岁周君来京寻其先祖周洪谟孔庙进士题名碑。余今又至长宁欢饮，周君索句，口占书之。同行毛佩琦教授依韵和诗亦书横幅。

再至周洪谟故居

傍山箐竹见幽深，阶上苍苔认旧痕。
望眼残垣依旧是，前年曾属雨纷纷。

二〇一三年七月四日

注：周洪谟（1421—1492），长宁人，明正统九年（1444）乡试为解元，次年殿试为榜眼，历正统、景泰、成化、弘治四朝，官礼部尚书。

雨中登竹海观云台

满目修篁雨色中，白云千道绕群峰。
登台衣袂如飘逸，好趁凌虹入酒觥。

二〇一三年七月五日

注：蜀南竹海有观云台，有碑曰"百龟拜寿"。上午登之见雾霭云拥，陪者云此景当地人亦极罕见。下午路过，又见斯景，观者无不叹奇。下山晚餐，忽见彩虹凌空，令人心旷。

端午叠韵二章和世民先生

雨声过后见初晴,艾蒲新香尽是情。
江上忠魂谁记得?读骚依旧意难平。

二〇一三年六月十日

其二

家山万里总新晴,九泻江流入海情。
千载汨罗倾泪粽,孤忠块垒讵填平。

二〇一三年六月十一日

送春四绝句

迎春花市里,花气自袭人。
可惜花如玉,辜负去温存。

其二
岭南花有海,春色伴将临。
人在花香里,只余赏花人。

其三
花映人如玉,花潮簇屬红。
春光还未泄,人面已熏风。

其四
花问远行人,何来赏花意?
人却似相思,脉脉不能语。

二〇一三年一月十八日至廿一日

注：我去过广州，未观花市，因时间不合。前年友人去广州，游花市，问我可写诗否？我未去怎么写呢？只好拟人化。春天已逝，谁也挽不住。暮春、送春，古人写得多。一般人见春临，不会想到春归。想到了，那才会悲欣交集，因为世上不总是华枝春满。

兴隆怀史

旌旗未渡扫辽东，又使英雄涕泪倾。
雪夜汤泉温酒后，兴隆剑气供谈兵。

二〇一三年一月二十一日

注：兴隆位于沈阳新民。1925年12月21日，郭松龄率反奉军攻克新民，张作霖指挥部即设于兴隆。24日，郭兵败被俘就义。

跋

秦岭雪

我与朱小平先生相识未久，但相交益深，微信不辍，每谈诗论句，各抒襟怀。他曾寄我一册他十年前出版的《絮风馆诗抄》，他的诗词有情有境有藻饰，饶风人之旨，很能鼓动读者的情绪。

我对他说："《絮风馆诗抄》必传，无负当世佳构。"

读他诗集，每有意会，即发微信：

"君乃慷慨高歌之士，心绪如潮总是诗。"

"兄豪情胜概，有古侠士之风。当今诗坛罕见。"

"兄之性情，长短句尤佳，一腔男儿血，染作梅花红。"

"宋词婉约，兄已得之。"

月前，他又拟出新旧体诗词集，皆为近年新作，辑得五百余首。其集分"古体诗""词曲""近体律诗""近体绝句"四卷。

朱先生将古体诗列集中第一，可见有自珍之意，其歌行大有太白之风。《台州神仙居山崖歌》《富水大峡谷云雾歌》，置青莲集中几可乱真，不仅词色，声口亦十足相仿。环视当今吟坛，难觅敌手，此无关诗歌技巧，实性情所致。豪放中有唱叹，郁结中见放逸。余亦喜《新侠客行》，真燕赵之士也。全书多慷慨悲歌亦缘于此。《南海机场试飞歌》，日色波光，美不胜收；家国情怀，溢于言表。南海是近期热点，但以此为题的作品却罕见。此诗弥足珍贵。

叶嘉莹云词多幽咽怨断，朱先生反其意而用之。长调以诗为词，意激词昂。尤多寄托并揉入身世之感，慷慨苍凉兼而有之。如《满江红·谒黄花岗烈士墓》《东风第一枝·赞福建舰下水》诸篇。《满江红·七七用岳飞词韵》更为卓绝，不逊原作。诚为：满腔热血志士心，歌哭无端真性情。其小令则顾盼有情，意绪悠悠，令人怀想。如忆江南数首。

朱先生古体或圆转流美，或豪放激昂，近乎初盛唐。而律体则感慨良深，多警世之言，重比兴，深寄托，沉郁顿挫如杜甫，含蓄朦胧近义山，其中或隐含国事家事情事，耐人寻味。余尤喜《拜米公祠》《登襄阳古城墙》《庚子新春试笔》《辰日有思》《霜降得句》诸什，凝练警策，佳句叠出，见诗人锤炼之功。

他的绝句笔花六出，见物回声，随意点染，诗意才情并茂。或工刻画、或见哲思、或实录、或寄赠，雅俗杂陈，色彩缤纷，读之增见闻、拓胸襟，如行山阴道上应接不暇矣。其中《见雪》《岭南归来见雪》两首可称杰构。今日摛章琢句者，何人有此胸襟，有此狂气？若论朱先生绝句出处，则余以为近乎龚自珍。一箫一剑平生意，不负才名三十年。一言以蔽之，诗好，融冶苏辛，远绍李杜，当今罕见！

是为跋。

二〇二四年八月
于香江无伪斋

秦岭雪，诗人、作家、评论家、书法家，中国书法家香港分会副主席，中国作协会员。

后　记

朱小平

　　从一九九二年出版第一部旧体诗词集《朱小平诗词集》到二〇一四年出版第五部旧体诗词集《絮风馆诗抄》，合计收旧体诗、词、曲约一千首。至二〇二四年未再出版过诗集，这五部已出版的诗词集均为编年体，所作诗词的时间跨度为一九七六年至二〇一二年止。新出的这部诗集仍是编年体，所收古体诗、近体诗、词、曲，自二〇一三年起至二〇二三年写的八百余首（阕）中选出约五百首。

　　拙集二〇一九年前即已筹划，种种原因延宕至今，范曾先生早已题就书名；封面画更是在新凤霞阿姨生前专为我绘题，请凤霞阿姨为我出书做封面用。但待到画要用时却怎么也找不到了，也未拍照，以为不复存于天地之间，懊悔不已。但柳暗花明，天幸后来偶然发现夹卷于他人画作中，终于了却了一直耿耿于怀的憾事。

　　我与凤霞阿姨是忘年交，与戏剧界一些女性前辈交往，对魏喜奎称先生，吴素秋、荀令莱、孙毓敏等皆称老师，对新凤霞我是唯一称阿姨者。经常发她稿件，字不清楚，认真修改重抄，她对此非常认可。至今保留她不少信件，写在大小不一的纸片上。关于这幅画，还有个小插曲：凤霞阿姨有时晚上会往我家里打电话，大多说稿件。有一天电话说起请她为我画封面画，即应，告明日上午可来取。我恰有事，遂委托我与她都熟悉的一位女诗人去取。听去人交我画时说：取时阿姨当时即画好，按一般习惯，都会请吴祖光题字款，阿姨即令立写，吴老可能正忙其他事，有些生气，大声喊：这么着急？朱小平是你什么人？但阿姨不依，立逼写就。往事历历在目，与凤霞阿姨交往多年，终于将这幅画用在书的封面上，也是对她的一个不能忘怀的纪念。

拙诗集书名"几生修得到梅花"，是南宋人谢枋得的一句诗，谢氏字君直，号叠山，信州弋阳（今江西省上饶市弋阳县）人。南宋末以江西招谕使知信州，力拒元军。南宋亡国，隐居闽中集市，以卖卜为生。元朝福建行省参政魏天祐强之北行，至大都，绝食而死，遗著有《叠山集》。谢枋得说过："宋室孤臣，只欠一死！"人，是应该有追求的，所谓"成仁取义"不是用来沽名钓誉的。我欣赏他的这句诗，故用来做诗词集名。恰好阿姨画的是梅花，吴祖光先生在画上的题字即用的是谢枋得的诗句。

诗集序言请诗人高洪波兄赐写，我与他意气相投，常以樽酒论诗，品鉴古人诗册。他是一个热爱生活，幽默风趣，有一颗不泯童心的诗人，感谢他于暑热中写下的肺腑之言。跋则请香港诗坛耆宿秦岭雪老先生所赐，秦老新旧诗体皆精擅，读之莫及，有如醍醐之妙。我虽不才，却得秦老激赏，时时评点拙作，大有教益。秦老为跋，与有荣焉。

本集出版得到黄晓枫博士、作家陈建明女士和岭松、海洋兄等友人鼓励和支持，靳扬先生费力将我钩沉选出的诗词分类编排，一并虔表谢忱。最后还要感谢桑梦娟女士，她曾是我的《燕京感旧录》和《毕竟东流去——清史笔记》两部书的责任编辑，她的认真和细致给我留下深刻的印象，我们合作得很愉快。所以这次出版我的旧体诗词集，我仍然请求她做我这本书的责任编辑，期以再次合作圆满。我引注文，常凭记忆。本书编辑一丝不苟，核对查书，连出版社、页码皆注出，于今殊为难得，使诗文无疵，甚幸。特虔表谢忱。

二〇二四年八月立秋
于京华惊隐斋